U0000405

GOBOOKS
& SITAK
GROUP©

GOBOOKS
& SITAK
GROUP©

三日月書版

三日月書版

雪翼著
泱泱大國繪
Presented by
XueYi and YangYangDaGuo
03
ow to Change Career
rom Demon King to Hero
輕世代
FW331
三日月書版

怠惰な魔王の
転職条件
How to Change Career
from Demon King to Hero
ROA
BAIJR

怠惰魔王的轉職條件

目錄

CONTENTS

怠惰魔王的轉職條件

角色簡介

征服世界也好、毀滅世界也罷，通通交給隔壁新來的魔王去處理吧。

羅亞

第四十四任魔王。宅屬性家裡蹲，
討厭麻煩、極其懶惰。

怠惰魔王的轉職條件

角色簡介

您的未來徹底沒救了。

瑟那

魔王的管家兼監護人。精明幹練、氣質優雅，內藏腹黑毒舌本性。

CHARACTER FILE,SENNA.

怠惰魔王的轉職條件

角色簡介

你想要什麼我都答應你，就算要我以身相許也沒有問題！

夏洛特

勇者世家的後裔。天然呆、熱情博愛，不知為何非常崇拜羅亞。

CHARACTER

CHARLOTTE.

怠惰魔王的轉職條件

角色簡介

我的名字是白織，
不是白痴啦！

白織

姓氏特殊的普通少年。吐槽役、
膽小怕事，但十分重視友情。

CHARACTER
FILE, BAIJR.

怠惰な魔王の
転職条件

第一章

魔王的閒散校園日常

How to Change Career
from Demon King to Hero

時值九月，酷熱的烈日時刻炙烤著大地。

夏蟬唧唧，蒼穹蔚藍得幾乎不可思議，淡薄的雲絮在其中流轉，適合讓人發懶度過，羅亞甚至認真考慮乾脆翹掉下午幾堂課重操舊業——無所事事地當回一條死魚。雖然在那之前，他有很大的可能會被自稱監護人的男人搶先一步實施「愛的教育」。

今日等著眾人的第一堂課是藥草學，上課鐘響的前幾秒，羅亞他們才姍姍來遲，趕緊找不惹人注意的角落入座。

在爬藤植物形成的天然拱門後方，可容納數十人的空間早已坐了約八成滿。白織每次踏進藥草學教室都不禁為之震懾，此地四面環水，是湖面上的一處開放式空間。上方是高聳入雲的參天大樹，氣勢驚人地張開健壯的臂膀，展現蓬勃的生命力。葉片間不時灑落柔和的光線，腳下錯落著斑斑樹影。

授課導師是一位名叫烏維的男子，尖細的耳朵加上柔美的五官透露出其妖精身分。妖精又細分若干支，他屬於森妖精一族，膚色是健康的小麥色，與刻板印象中的白皙膚色有很大的差異。

不過，有別於大眾認定的形象，烏維本人卻一點也不病弱，眼眸中流動的光彩透露出對某項事物的極大熱誠——即使只有單眼。妖精導師的右眼不知為何覆著眼罩，身體多處也有繃帶包紮的影子。

但傷痕累累的身軀似乎不影響對方教書，雖然他只是在黑板前埋頭講解，偶爾下臺，穿插在各小組間監督學生的課堂練習：觀察「動植物」的生長狀態並記錄下來。

烏維導師不厭其煩地再三宣告：「這是初學者上的初階課程，困難度為零，相信很多人都能輕鬆辦到。這堂課雖談不上歡樂，但讓我們輕鬆地度過剩餘的時間吧。」

「輕鬆啊……那也得讓我們搞清楚這是什麼玩意吧？」羅亞面無表情，臉色卻逐漸鐵青。

「不知道能不能吃，」菲莉蒸饒有興趣地瞇起眼，手指躍躍欲試地往前戳，「既然叫動植物，應該是動物的一種吧。只要是會動的活物，一律都能吃！」

「話不能那麼說啦，像蜘蛛也是動物的一種，但凡是稍微有點常識的人都知道不能隨便亂吃吧。」白織沒好氣地駁斥獸人女孩荒謬的論點。

然而，對方聽見這句話的反應卻是莫名的震驚，片刻後才傻愣愣地反問：「蜘蛛不能吃嗎？」

白織沉默一秒，果斷放棄繼續無意義的爭論。

方才，烏維導師讓學生分成小組，觀察並記錄「動植物」的生長情形以及活動狀態。羅亞、白織和菲莉蒸幾乎是下意識地湊成一組，蒔鬼則是不知道跑哪去了。

「動植物」，顧名思義就是會動的植物，並非佇立在原地被動承受日曬雨淋的一般草本植物，而是能憑藉自身意志選擇活動區域生長的特殊植物。先前在植物園裡讓羅亞吃了悶虧的某棵樹就是其中一種。動植物只是統稱，實際上有各式各樣的種類，喜好與習性也大相逕庭，有些善解人意討人喜愛，有些則極度的……殘暴。

例如，羅亞他們眼前的這棵由盆栽裝著的花朵，顯然就並非善類。

每一組的動植物在外形上都不太一樣，羅亞這一組桌上的盆栽有著厚實飽滿的嫩黃花瓣，像向日葵般朝氣蓬勃地綻放，周圍點綴著翠綠的葉片，讓觀者混濁的心靈彷彿在瞬間獲得洗滌。

只不過，那並不是向日葵——花朵的中心處是個長滿尖細牙齒的血盆大口。

「我可以求救嗎？」羅亞在直視這株古怪的植物幾秒後，轉頭朝白織提出意見。

「你以為這是什麼益智節目嗎？現在的當務之急是先想辦法讓他冷靜下來吧！」白織忍不住抱頭哀號，對眼前棘手的狀況不知所措。

偽向日葵已經扭動著身軀，將自己從土裡連根拔起。重獲自由的第一件事並不是展開逃亡大計，而是以葉片充當手臂，粗魯地拔下自己的一片花瓣，邁動根莖組成的瘦小細腿跑到隔壁組大鬧。那片花瓣儼然被當成某種武器，一次次擊打出去，狠狠痛揍著同類。

「他？你已經自動把他擬人化了嗎？根本用不著插手，這只是物競天擇，弱者自然會被淘汰。」羅亞漠然地開口，對這株殘暴的動植物絲毫不感興趣，對遠端的慘況只打算隔山觀虎鬥。

白織神情焦急地耙亂頭髮。「現在不是說這種話的時候，想想怎麼阻止他好嗎？等等，他幹嘛張大嘴巴？」眼鏡少年膽顫心驚地顫聲詢問同伴，眼睛瞪得老大。

「看來是想把同類給吞了，沒想到還是個食肉的傢伙。」還是該說吃素的傢伙更接近？羅亞不可思議地嘖嘖，但實在不想浪費精力思索多餘的問題，他已經有夠多煩心的事了。

「不，你冷靜點啊！」在喊出這句話的同時，白織已經跑遠了，正手忙腳亂地試圖與暴力植物來場男人間的對話。

「如果毀損導師的物品很可能會被扣除分數，要是留級的話，就無法如期畢業囉。」菲莉蘇說著，手指刷過書頁。

她手上那本手冊記錄著學校規範的大小事項，在正式入學後，幾乎所有的新生都擁有一本。順帶一題這本是白織的手冊，她自己那本已經付之一炬，因為不慎拿去當柴燒了。

「這可不行。」若事關無法順利拿到證書，魔王一定第一個跳出來反對。他起身走向一人一植物大戰的地方，二話不說就伸手攫住偽向日葵的莖部。

生物在少年緊握的拳頭中拚命掙扎扭動，其間甩落了幾片花瓣，可是下一秒，羅亞俐落地將植物在空中甩了幾圈，然後像處理生鮮食材般往桌面狠狠砸落，一下不行，就啪啪連擊，直到整株動植物癱軟下去，似乎是昏過去了。

不幸目睹這一幕的白織與周圍的同學無不滿臉驚嚇，連錯愕的情緒都在瞬間蒸發，只剩下大寫的怕。

「怎麼了，有什麼問題？」察覺眾人的視線落在自己身上，才在大庭廣眾下行使暴力的少年還好意思這樣明知故問。

「不是有沒有問題，」半晌後，白織才勉力找回聲帶的功能，「牠、牠不會被你打死了吧？課堂結束後這是要繳回導師那邊的耶！」

「誰知道。」羅亞輕鬆地丟下不負責任的結論，走回他們那組的桌位，鬆手扔下早已攤平的動植物。

「你們這麼做，可能會惹來不必要的麻煩……」烏維導師想嚴厲提出警告，但顯然慢了一步。

千萬要切記一點：永遠不要小看看似無害的植物，它們是會記仇的。

白織隨後也回到座位，紀錄動植物活動情形的作業紙面上依然一片潔白。他們這組已經浪費太多時間了，轉頭察看別組的狀況，班上的人大多完成了課堂作業，距離下課鐘響，他們可能只剩幾分鐘的時間。

迫不得已，白織傾身向前，專注地審視乍看下像是失去生命跡象的動植物。但有些體徵無法用肉眼判斷，於是他狀起膽子伸手戳上動植物的軀幹——一點反應也沒有。動植物的觸感意外粗糙，沒有普通花莖的柔軟，倒像是某種強韌的木材。照理來說，不應該是如此的啊……

眼鏡少年側頭細細思索，沒能及時察覺指下植物的顫動。偽向日葵的葉片啪一聲舒展開來，顯然怒火熊熊、一心只想報復，猛然張大血盆大口躍入空中，在所有人都來不及反應之際，白織的上半顆頭被硬生生咬住，成為藥草學理論課的唯一犧牲者。

「呀啊啊啊啊——」白織的驚恐慘叫響徹雲霄，空氣彷彿因此凝結。下一瞬，代表課堂結束的鐘聲響起，大家冷不妨地鬆了口氣。

「好了，下課啦，同學們記得歸還分配到的動植物，至於你，記得去醫護室報到，要是留下什麼疤痕可就糟了。」烏維導師飛快地交代完畢，臉上泛起心虛的微笑，離開教室前不忘回頭補充：「對了，多多之後再塞回盆栽內繳回即可，別擔心，牠只是性格上有點缺陷而已。」

——豈止是有點，根本是極致的惡劣吧！

還有，多多是植物的名字？這年頭到底有誰會替盆栽取名字啊？更別說那還是個有暴力傾向的怪物！

白織在內心吐槽完畢後，整個人手足無措地愣在原地，斑斑血跡從傷口滲出，多多依舊緊咬不放。他覺得再不緊急處理的話，是會危及到生命的。「羅亞，我可能要——」

「真拿你沒辦法。」不可否認，羅亞也覺得相當棘手，不過嘴巴上說歸說，身體卻已經誠實地從椅上起身，嘗試將同學頭上的植物取下。

不料怪物不肯輕易就範，在試了幾次未果後，向來沒什麼耐心的少年宣告放棄：「嗯，拿不下來。」

「……起碼你也再堅持一下吧，算我拜託你！」

「辦不到。」魔王的回應倒是很快。

「那至少帶我……不，是陪我去醫護室吧。」白織鬱悶地嘆了口氣，頭上傳來的陣陣痛感，讓他現在只想徹底躺平。

「等等！多多是要還給導師的！」一旁的菲莉蕬閃電出手，無視偽向日葵的森森利牙，直接將手指插進牙縫一掰，瞬間就把動植物拆下來了。

只見被插回桌上盆栽的動植物縮成一團，把自己的存在感減到最低，在獸人女孩輕輕鬆鬆的暴力壓制下瑟瑟發抖。

——原來是這麼簡單就能拔下來的嗎？到底是菲菲的實力太強，還是某人剛剛根本就在敷衍我啊啊啊？

痛得淚汪汪的白織用懷疑的眼神看向羅亞，後者立刻轉移話題。

「拔下來之後血好像噴得更多了，我們還是快去醫護室吧。」

菲莉蕬自願留在教室繼續攻克未完成的課堂作業，羅亞則扶著一臉血的白織，在眼鏡少年的引導下來到了據說是學院醫護室的地方。

拉開門後，裡頭的一張病床上已坐了一名少年，金髮為白色的空間增添一絲鮮明的色彩。

夏洛特正在小心翼翼地為自己包紮傷口，雖然成果不慎理想，甚至有些笨拙，但終歸是完成了任務。

他身上的傷口又多了好幾處。

羅亞見狀不禁瞇起雙眼，感到有些不悅。「又是那些人找你麻煩？」

「不是這樣的。」夏洛特卻語氣肯定地否認。

「你老實說出來，我會保護你的。」魔王不經思索地脫口而出，連他都不敢相信這是自己會說的話。保護？魔王去保護勇者，這簡直是天大的笑話。

「白織同學這是怎麼了！」夏洛特原想張口說些什麼，但隨即注意到一旁面色慘白得像幽靈、需要攙扶才不至於倒地的眼鏡少年。

換做是一般人早可能就血盡人亡了，可是身為人族的白織卻挺住了，只是臉色宛如白紙，眼神呆滯渙散，彷彿靈魂逐漸被抽離軀殼，命不久矣了。

「沒關係，我可以的……」白織動了動唇，發出虛弱的聲音。

然而頭上源源不絕冒出的濃稠液體出賣了少年，下一秒他已經倒向夏洛特隔壁的病床，打算就此長眠、不，是稍作歇息。

「對了，有件事我可能必須先提醒你們。」夏洛特像是臨時想到般遞出一張紙條。

「這是什麼？」羅亞接過一看，紙上字跡工整地寫著：「**外出，有什麼事等我回來再說。**」留言簡單明瞭，但重點來了，下方隨手標註的時間卻是在三年前的某一個月份，這代表什麼？

不論寫這張紙條的是醫護室的哪位導師，他都不打算再回來了。

「糟透了，對吧？」夏洛特無可奈何地攤手，他也是剛才才發現這件事。

平常受傷時都有琉江替他包紮，但今日自家執事卻不見蹤影，情急之下，他只好來醫護室尋求幫助，沒想到最後還是得靠自己。

「我是沒差，但醫護室竟然連個專業人員都沒有，這所學院總是開這麼惡劣的玩笑嗎？」先是性格上多少都有些缺陷的導師們，再來就是那個自稱不死族的老不死……

「羅亞，你這話是什麼意思……」接過對方遞來的字條一看，原先就夠悲慘的白織這下也不禁目瞪口呆，「咦咦咦？所以要任我流血致死嗎？嗚嗚，誰能想得到今天就是我生命即將步入終點的時刻。」

「咦一次就夠了。」魔王不耐地咂舌，一副置身事外的樣子。

「我才不想因為課堂上的一次事故就賠上一條命……」白織委屈地

撇下嘴角，眼眶閃爍著淚光。

「真拿你沒辦法，」魔王冷靜地瞟了對方一眼，「下不為例。」

「你要幹嘛！」白織瞪大鏡片後的眼睛，不可置信地看著羅亞在一旁的置物櫃翻箱倒櫃，撈出了蓋著一層灰的急救箱後一臉正經八百地朝他走來，「如果你是想自己來的話，請容我鄭重拒絕，離我遠一點！」

「你是怎麼了？生理特徵為雄性的你，難不成還會怕這點微不足道的痛楚？忍一下就過了。」魔王逕自扭開一瓶紅色藥水的瓶蓋，無視白織的哀號。

「這不是重點，是因為我實在無法相信你！」地圖都能拿反的傢伙，誰知道會不會把治療藥水抹在不該抹的地方！

「那不然你想怎樣？」魔王的耐性顯然已被消磨殆盡，兩人眼瞪著眼僵持不下。

「交給夏洛特好了，」白織突發奇想地提議，「雖然包紮手法略顯生澀，不過我看他似乎不是第一次這麼做。既然有過經驗，後面一定會越做越好的，對吧！」他的想法其實很簡單，只要不是粉髮少年親自動手，誰都可以。白織以滿是期盼的目光注視著金髮少年，希望能得到答覆。

不太了解現在到底是什麼狀況的夏洛特撓了撓後腦勺，接過魔王手中的藥水，緩緩說道：「可以是可以啦，但我之前只處理過皮肉傷，像你這麼嚴重的傷勢似乎有點棘手，交給我真的沒問題嗎？」

「沒問題，後果我自負，一切全權交給你！」白織連忙掛保證。

「那好吧……」夏洛特的語氣有些遲疑，儘管有了保證，他還是有點不放心地看了羅亞一眼，像是在詢問這樣做真的沒問題嗎？

魔王在面無表情中夾帶著一絲堅定，似乎在默默給予肯定。突然被這麼慎重其事地對待，勇者少年彷彿受到了莫大的鼓舞。「既然你們那麼放心將這個重責大任交付給我，不作出回應實在是說不過去啊！」

有了雙重保證後，夏洛特甩開最後一絲猶豫，以謎一般的神速處理著白織的傷口。消毒、止血、包紮，轉眼間就要大功告成，但是除了動手的當事人陷入即將完工的欣喜，其他人的臉色卻越來越凝重，似乎有些不妙。

「你……」本想說些什麼的魔王，在看到成品後默默閉上了嘴——他實在不曉得該如何表達自己的哀悼。

「嗚嗚嗚……嗚嗚嗚！」即便在視野完全被遮蔽的情況下，白織仍然試圖表達抗議。

「真是太完美了，這樣就能大幅降低傷口感染的風險，雖然可能會有些不適，但非常時期就要有非常時期的做法！」夏洛特的語氣聽不出是真心這麼認為還是在講幹話。

「是降低了感染的風險，但四眼田雞很可能會因此陷入另一種危機。」

「什麼危機？」

「窒息。」

「嗯？」夏洛特頓了頓才反應過來，連忙上前幾步調整繃帶，在鼻子周圍留出縫隙來。

此刻已經無法辨識白織的臉色了，因為他的整顆腦袋都被包在層層堆疊的繃帶之下，遠遠看就跟木乃伊沒兩樣——但只有頭的部分。

然而凶手竟然沒有察覺任何不對勁的地方，魔王覺得金髮少年的某些地方可能也需要治療一下，例如那天真到沒有正常邏輯思考能力的大腦。

「既然事情完美落幕了，那麼主要角色跟不值一提的配角也應該退場了。」魔王的表情絲毫未變，但暗指的意思非常明顯。

「嗯？在羅亞心目中我已經升為主要的角色了嗎？」夏洛特熱情地貼了上來。

「我才沒有那樣說……」毫不設防的魔王只能勉強閃過那令人有些無所適從的灼灼視線。

「……你們絕對是故意的。」這回，白織終於咬字清晰的表達出心聲。可惡，早知如此還不如自己來，更何況——

嗯？即使耳朵也被包在繃帶底下，但漸行漸遠的腳步聲還是十分清晰，等等，那兩人該不會——

「不要丟下我啦，忘記我看不到前面了嗎？來人啊，不值一提的配角也是有派上用場的時候好嗎！」眼鏡少年頓時緊張起來，連忙起身跌跌撞撞地尋找唯一的出口。

在不慎絆到腳跌個狗吃屎幾次後，白織才終於順利回到走廊上，幸好那兩人並沒有走遠，似乎終於意識到有件大型障礙物忘了隨手帶走。

幾乎是在白織前腳離開的瞬間，緊鄰病床另一側的布簾被猛然拉開，一名穿著白袍的男人後方緩緩步出。「沒想到竟然在這裡遇見那個小鬼，有時候我真的很討厭所謂的巧合。」

悄悄現身的男人不是別人，正是當初人間蒸發的古堡醫生。

醫生接到指令潛入諾藍學院，但在完成任務之前，他必須先達成幾項條件……

第二章

陰謀在暗夜翻湧

How to Change Career
from Demon King to Hero

一個月前。

即使被兩名親信背叛、又敗給那個同是魔族的小鬼，醫生卻沒有消沉太久，在接到青年的指示後，馬上就有了下一步的決策。

他捨棄占據了幾百年之久的古堡老巢，一路往北方走，克服萬難、不畏艱辛，終於抵達了箭頭在地圖上標示的地點。

幾隻夜鷲的啼叫擾亂了大地的寧靜，枝葉交錯的暗影沉重地壓在肩頭，讓探訪者喘不過氣來。陰鬱的氛圍蔓延開來，彷彿是警語的具現化——此地禁止通行。但醫生沒有打退堂鼓，他千里迢迢地來到此處，是為了要取一件久違於世的物品。

醫生的目的地是座墳場，十字架形狀的墓碑隨處可見，上頭的字跡已模糊不清，或是被青苔覆蓋。沿途生長的雜草幾乎將唯一的道路淹沒，似乎許久不曾有人踏足，放眼望去一片淒涼蕭索。

要不是合作多年，多少有點信任基礎，醫生真的會懷疑自己是不是被惡整了。

話雖這麼說，青年的來歷至今依舊成謎，他只知道對方也是在某個人底下做事，真實身分則一無所知，只知道是對勇者抱持著相當程度恨意的人。

醫生步下深入地底的階梯，很快地便來到一處墓穴內部，眼前理所當然地放著一座石棺。他小心翼翼地將棺蓋推開一條縫隙，裡頭的屍體已化成白骨，連難聞的氣味都彷彿被時間遮掩。

醫生把手伸進石棺，撈出了一本書。

這本書的來歷也同樣成謎。語帶保留的青年並沒有透露太多，但醫生自詡是難得一見的天才，僅憑眼前的蛛絲馬跡便猜到，這可能就是傳說中的「滅世之書」。

只是奇怪的是，一直下落不明的書怎麼會被當成陪葬品長眠於此？

如果那名青年或他背後的勢力老早就知道滅世之書的位置，為何又不自己來拿……？

此時此刻，把白織從醫務室送回宿舍休息後，魔王閒來無事，漫無目的地在校園內閒晃。

少了瑟那卿的陪伴雖然多了幾分清淨，但也不免覺得有些失落，就像忽然被奪走了重心，一切似乎都變得毫無意義了。雖然瑟那卿從來就不是他的人生重心，羅亞只是想表達內心若有若失的莫名感受而已。

走過一片修剪整齊、上頭還插著請勿踐踏告示牌的綠油油草皮，魔王就像出入自家後院般愜意自然。正當他細細欣賞著某株如赤焰般盛開的火紅植物，附近卻傳來一連串雜亂的腳步聲。

生長茂盛的植物正好擋在他和來者之間，形成天然的屏障，魔王傾身，好奇的目光落在不遠處的三人身上。

那三人背對著魔王，但從背影外形能看出分別是恢復年輕之身的校長、在分班測驗時身騎巨大魔獸的導師，以及羅亞的班導米諾。

這三人神祕兮兮地交頭接耳，不知道在討論什麼，臉色都不怎麼好看。

到底是為了什麼事呢？魔王一方面覺得不知道也無所謂，另一方面又認為必須摸清現狀，兩種極端情緒在心中發酵。

他考慮著要不要乾脆衝上前去問個明白，隨即又否決這個想法——這樣未免太降低王的身價了。

瑟那卿如果人在這裡就好了，以他那厚臉皮的性格，說不定真的可以打聽出什麼祕密。而且他現在的身分可是學院導師，校長或許會毫無保留。

不過呢，沒用的「監護人」目前似乎挺熱衷導師這個新身分，整天忙得不見人影，上次還被他目睹對方正在教授高年級的學生如何將襯衫摺得平整……說來說去，只能怪他這個上司教導無方了。

思及此，羅亞的喉間湧出一陣深沉的嘆息，以致於沒在第一時間察覺有人從後方悄悄接近，一隻手跟著伸出，穩穩地拍在他的肩上。

「少年，需要什麼幫助嗎？」

放鬆的神情瞬間被戒備取代，羅亞循聲回頭，撞見的畫面卻再次讓他震撼了一下——來人竟然是校長！

「……」羅亞默默轉頭確認，前方那三人依舊在小聲地議論著什麼，回頭一看，身後的校長也沒有消失。

現在又是什麼狀況？這邊的校長說不定是冒牌貨，眾多的魔獸中不乏有善於偽裝的陰險傢伙，僅憑肉眼是看不出真假的，所以勢必得實際測試一下才行——例如物理攻擊。

羅亞瞬間揚起手掌，卻在搧打的途中被人牢牢抓住纖細的手腕。「請不要動用暴力。」

「你是沒自信能贏過我嗎？」羅亞稍微加重力道，眸底浮現不容抗拒的挑戰，「冒牌貨。」

校長笑了，他放開少年的手側身一閃，魔王的手雖然揮了下去，卻徹底撲空了。「我並非冒牌貨，這點你應該心知肚明。」

校長的話意有所指，奇怪的是，羅亞確實知道他在說什麼——是氣味，即使魔獸再怎麼模擬，身上的氣味不可能和目標完全一致。然而這兩人幾乎是複製彼此身上的味道，要不是親眼所見兩個一模一樣的人分立兩端，魔王也很難相信竟有這等事。如果瑟那卿在場的話，肯定能給出解釋……

「你到底是什麼人？」壓低眸光，魔王以充滿威嚇的口吻沉聲質問。

「我是梅爾尼克，你可以稱呼我為梅爾或是尼克。不過基於禮貌，你該稱呼我的是校長，羅亞同學。」

魔王頓了一下，即便對方先自曝姓名，但他從來沒有機會得知校長的名字，所以根本無從查證是真是假。「這是校長的名字嗎？」

「千真萬確。」

「我明白了。」不管如何，魔王暫且相信這套說詞。在出現第二個選項之前，直接相信似乎是最省力又不至於殺死腦細胞的方式。

校長看上去倒是頗訝異少年的態度如此豁達，不過他很快就不在意這等小事，主動湊上前說明：「我就是校長，更準確的說法是他的影子。畢竟身為校長有很多事身不由己，為了抵禦敵人的來襲也必須時刻坐鎮校園，所以就由我這個影子代替主人處理額外的事務。」

「影子？」羅亞聞言回過頭，不遠處的校長及兩位導師已經緩步離去，移動的方向正對著太陽，三人的影子長長地斜射在地面上。「校長的影子明明就還在。」他冷淡地陳述事實。

「只要本體存在的一天，影子要多少有多少，有光就有影，這不是能用數量規範的事物。而我也是那眾多影子中的其中之一，沒了再創造一個便是。」影子校長應對得輕鬆自然，彷彿他們在談論的不過是稀鬆平常的小事。

校長身上顯然還有很多不為人知的祕密，包括不死族的身分，恐怕學院內除了眾導師就只有羅亞等人知情了。

「既然你只是校長的影子，」魔王略顯遲疑，一時難以消化混亂的思緒，「我根本就不用把你當校長嘛。」

「不，雖然並非本體，我們這些影子卻能與本尊共享記憶。然而，我無法感受其他影子的思緒，就像是獨立的個體，我們保有某種程度上的自由。」影子校長意味深長地凝視著羅亞，「但我們畢竟是影子，重生的能力並沒有賦予在影子身上。我們的記憶不會迴向給本體，那也是為了避免讓『我』體驗到死亡的滋味。那不是值得令人回味的事，在死亡面前，任何人都不堪一擊……說了這麼多，你也不可能會懂吧。」

「那你幹嘛自己解釋這麼多？」有種被人小瞧的不爽感，魔王蹙攏著眉心，眼神比平時更死。他直接忽略前半部分的廢話，再一次放錯重點。「身為校長的影子，你應該知道他們在密談什麼吧？」

「你就那麼想知道他們在說什麼？」影子校長話鋒一轉，卻不把話說明白，刻意吊人胃口。

心頭猛第一跳，羅亞對上校長含笑的視線，他知道對方只是想套他的話，所以很快便恢復鎮定，決定裝傻到底。

「總之，以後就叫我若林吧。」見少年似乎不怎麼想接話的樣子，影子校長不以為意地聳肩，突兀地改變話題。

「校長的名字不叫這個吧？」只聽過一遍的人名實在很難在魔王的腦海裡留下印象，只記得是叫什麼沒耳？梅而？總之不是這個名字就對了。

「我不過是校長的影子，沒道理沿用本尊的名字。身為影子的我們有著各式各樣的名字，若林只是其中之一。反正，事情就是這樣，羅亞同學就以若林當作方便我們日後相見的稱呼，可好？」

「喂，別擅作主張啊。」羅亞的聲音透出隱忍的怒氣，伸出手試圖阻止對方自說自話，結果才觸及衣料，整隻手臂竟然直接穿透過去，彷彿眼前的人其實並不存在，「這是立體影像？」魔王只能這樣猜測。

「都說了，是影子。」若林的口氣聽來有點無奈，無言地看著死魚眼少年不斷將手臂插進抽出，到最後似乎還玩上癮了，逼得影子只能出聲喊卡，「影子本來就是沒有實體的延伸物。另外，如果玩夠了，請立即停止你那愚蠢的屁孩行徑，不要讓我懷疑你的智商。」

然而少年卻置之不理，手臂的抽插動作還越來越誇張。影子的觸感特殊，碰到時會產生一種穿透水面般的冰涼感，但組成要素卻和水扯不上半點關係，意外地讓人欲罷不能。

「我畢竟是校長，要不要打賭，本尊要是知道了你這宛如褻瀆般的行為，絕對不是一兩個警告就能完事的喔。」若林冷冷地拋下警告，隨即踩著衣袂飄飄的步伐轉身離去，很快就不見了蹤影。

一如出現時那般，悄無聲息地被風帶走了。

看樣子，想知道校長和導師在密謀什麼的話，魔王只能靠自己去挖掘情報了，想想都覺得麻煩。

怠惰な魔王の
転職条件

第三章

魔獸養成計畫先從轉蛋開始

How to Change Career
from Demon King to Hero

「為什麼你那個沒什麼用的執事也在這裡?」羅亞的眼神死到不能再死,面無表情地嚼著特大碗的麵食。

每一條飽滿的麵條都沾上了濃厚的醬汁,香味四溢,少年卻一臉食之無味,全因為他此刻的心情相當惡劣,他自己也不知道原因,就是覺得極度不爽。

「羅亞少爺,我聽到了喔,要說人壞話,也得等到當事者不在才可以喔。」琉江柔聲說道,無奈地泛起苦笑。

「嗯?這樣不是很好嗎?人多才熱鬧嘛。我們這些勇者預備役光是學習就忙得焦頭爛額了,諾蘭學院好歹是貴族寄宿學校,沒有僕從照顧生活起居也太掉價了。」夏洛特理所當然地這麼表示。他接下琉江送來的食物,不假思索地坐到羅亞對面。

「這是什麼富家少爺養成機構嗎……」魔王嘖聲連連,難以苟同。

雖然不久前他也抱持著這種態度,不過很快就理解到凡事只能靠自己。

「瑟那先生呢？他不是羅亞的監護人兼管家嗎？我怎麼都沒看到他？」

「瑟那卿嗎？他一直都陰魂不散啊，你之前不是還──」見過不少次。魔王及時截斷自己的話，瑟那之所以能成功假扮成導師瑟傑，還能不被有過幾面之緣的夏洛特認出，全都是多虧那副具有偽裝效果的附魔眼鏡，能讓配戴者變得平凡無奇，也能讓配戴者瞬間以另一個人的身分登場。

「有嗎？」夏洛特面露驚訝地左右張望，但四處都沒看到那名有著菁英氣質的能幹男人。「如果瑟那先生在的話，一定會隨侍在羅亞的身邊吧？難道是因為氣場太強導致隱形了嗎？」金髮少年的腦內妄像開始朝奇怪的方向前進。

「我的意思是，即便瑟那不在我身邊，也始終陪伴著我，我們主僕平常都是靠精神上的聯繫維持感情的。」魔王發現自己似乎已經很習慣這種滿口胡話的應對方式了，這種習慣可真糟糕。為了佐證自己的話，他馬上從外套內袋拿出幾張相片給夏洛特看。

「羅亞，你一直都貼身攜帶瑟那先生的照片？」金髮少年不禁瞪大雙眼，不知道為什麼看起來一臉心碎。

「啊，嗯。」羅亞只能硬著頭皮說是。事實絕對不是對方以為的那樣，他之所以會隨身帶著監護人的照片，絕對不是因為思念或愛，他只是想在不爽的時候拿照片來洩忿而已……真的！

夏洛特安靜了幾秒，凝神盯著桌面上各種角度的瑟那照片，不知在想什麼。「我可以拿一個珍貴的東西來交換瑟那先生的照片嗎？」他抬頭問道。

「什麼東西？」

「我的照片。」

「……」

「這是讓我們的學院生活更加多采多姿的必要手段！只有瑟那先生可以跟羅亞以這種遠距離的方式聯繫感情什麼的，也太狡猾了吧！」夏洛特莫名氣憤地控訴。

這少年是怎樣？勇者當中原來還有像這樣的變態啊……羅亞算是長見識了。

「多采多姿什麼的只侷限於你的部分好不好。」魔王滿臉不情願，「我什麼時候才能有獨處的時間啊？」

「短期間內應該不可能啦，哈哈哈。」夏洛特笑得明亮爽朗，耀眼的程度更勝以往，「還有我不是變態喔。」

「嗯？」他剛剛有把心聲說出口？

「我從你的眼神就看出你的想法了。」夏洛特委屈巴巴地說，「我只是比你想像的還要更喜歡你而已，你相信嗎？」

「……」

猝不及防的直球攻擊，魔王一點心理準備也沒有，只能愣愣地看著面前的金髮少年若無其事地跟一旁的執事閒話家常，彷彿剛剛不過是玩笑話。

早晨的預備鐘聲選在此時響起，餐廳內的學生紛紛停下手邊的動作，收拾餐具的響聲此起彼落，然後便動身往出口的方向移動，前往各自上課的教室。

今天的上午課程在戶外進行，由奧古斯導師教授他們關於魔獸學概論的知識。他就是當時在分班大亂鬥中騎著龐大魔獸颯爽出場的男人，事實證明，他本人似乎豪放到連點名簿都能忘得一乾二淨，也不打算按表操課。

「你們認為魔獸之於你們代表著什麼？」

聽起來是道陷阱題，底下的學生轉動腦筋，思索著是否要給出符合正常邏輯的答案，諸如家人、伙伴之類的老套套路，或者用標新立異的答覆來拔得頭籌。此時，有人搶先一步開口了。

「魔獸就是魔獸，無論對誰來說都沒有意義，就像題目本身。」魔王慵懶的聲音淡然地傳出。

「死魚眼同學答得好。」奧古斯導師點點頭，並沒有感受到冒犯，但神情也沒有認同之意。

「我叫羅亞。」羅亞毫不客氣地糾正，結果發現對方根本不在乎。

「魔獸坐騎的話，應該是類似伙伴的存在吧。我看導師和自己的魔獸常常形影不離，感情肯定相當深厚。」果不其然，白織給出的是標準答案，語氣滿是欣羨。他想，有自己的魔獸坐騎肯定相當帥氣。

「喔，對了，忘了介紹，」經人提起，奧古斯才猛然想起自己的搭檔，「這是A級魔獸烏提斯，身上的毛髮可以在必要的時候變得硬如鋼鐵，抵禦外界的攻擊。雖然體型龐大，移動的速度卻相當敏捷。平時我都把牠當作儲存櫃，是我相當重視的伙伴。」

真是充滿正能量的介紹啊，不愧是勇者學院的導師，雖然某些部分好像怪怪的，讓人不由得同情起烏提斯。牠毛茸茸的臉部看不出任何情緒，只露出一雙烏溜溜的無辜大眼。

無辜的大眼……羅亞微微蹙眉，總覺得眼前的魔獸有種似曾相識的感覺，卻怎麼也想不起來……

難道他身邊也有類似伙伴的存在嗎？到底是什麼呢？

「烏提斯有名字嗎？」片刻後，菲莉蕬提出看似無關緊要的問題。

「有喔，」奧古斯導師以手肘親密地撞了撞身旁的巨大魔獸，「就讓牠自己來回答吧。」

此言一出，草地上的學生一陣愕然。雖然聽過有些魔獸擁有高度智慧，但會開口說話的魔獸卻前所未聞，眾人瞬間來了興趣。

魔獸接到主人的暗示，又感受到眾人期待的目光，沉默片刻後遲疑地出聲：「啊嗚？」

這是烏提斯這種魔獸特有的叫聲，聽起來介於狗與狼之間。

「是的，牠的名字就叫做阿烏。」奧古斯接口道，一臉寵溺地撫摸牠覆滿長毛的身軀，到最後甚至有些欲罷不能，好不容易才想起自己還在授課，只好依依不捨地離手。

太隨便了吧！在眾人默默在心底吐槽時，有位少女直直地舉起了手。

「有什麼想說的就直說吧，獸耳女孩。」看樣子奧古斯導師喜歡依當事人的外型特徵替人取綽號，名字什麼的，壓根不是他會在意的小事。

「我是菲莉蒸。」女孩刻意清清喉嚨強調，思緒仍舊停留在稍早之前的問題。「菲菲的家人都擅於料理魔獸，所以對本皇女而言，魔獸等於食物喔～」

這回答馬上就完美地被導師無視了。也是，一個視魔獸為伙伴，一個則視魔獸為儲備糧食，兩邊的世界觀根本搭不上線。

「好，回答時間到此結束。」奧古斯導師拍了拍手，將大家渙散的目光集中到自己身上，「其實這問題沒有一定的答案，端看個人的想法而定，沒有對錯，由你們自己來決定魔獸的價值。」

大家都專注地聽著課，魔王卻因為早起開始打起瞌睡

「照慣例，一年級新生都能分配到屬於自己的魔獸。」這句話頓時掀起另一波熱烈反應，學生興奮地交頭接耳起來，「魔獸可以成為強而有力的幫手，讓你們在往後的任務中大大提升生存機率。這也是今日選在戶外上課的主要原因，要讓你們來選魔獸，請看這裡。」

眾人的目光落在導師從移動置物櫃阿烏身上取來的一只精緻木盒上。奧古斯小心地打開盒蓋，裡頭放置著五塊形狀不規則、大小也不一的寶石，似乎是未經加工過的天然礦石。每顆礦石當中都有隱約的光華流轉，帶著不同的鮮豔色彩，分別是黃綠藍紅褐。

「這是代表著五種元素的礦石，你們現在的任務就是要找出金木水火土之一的元素石，礦石就散布在學院各處。」

「導師，請問能不能給點提示？」白織舉手發問，深怕自己無法達成任務。

「學院占地遼闊，內含豐富的地形，對應著五種元素石。你們可以分組進行，甚至能找學伴求救，尋礦的方法和過程沒有設限，決定好地點之後，你們就可以各自出發了，不過返回期限是到太陽下山為止。」

「那找到礦石之後呢，擁有礦石的人是不是就可以召喚屬於自己的魔獸了？」好學生白織進一步追問。

「礦石就只是礦石，不能作為召喚魔獸的器材，充其量不過是媒介而已。」察覺到學生求知若渴的目光，奧古斯隨即給予正面回應。

「什麼嘛，原來不能直接召喚魔獸，人家本來想多找幾顆來的，現在都提不起勁來了。」菲莉蕬的沮喪之情溢於言表，獸耳反映著情緒，無力地垂下。

「菲菲，妳太貪心了啦……」蒔鬼小聲地嘆息道。

齊格倒是氣憤地揮了揮小手，「阿蒔已經有了我，為什麼還要找什麼魔獸同伴？有我齊格大爺就夠了！」

「媒介是什麼意思？」羅亞提出質疑。

「就是這個意思，請看這邊。」奧古斯輕快地收起元素石，接著往旁一站，露出被阿烏的龐大身軀擋住的精密儀器，任由學生們圍攏過來打量。

觀察片刻後，白織實在是承受不住好奇心的折磨，直接問道：「這到底是什麼？」

「是轉蛋機喔。」

答案實在是太出乎意料，眾人面面相覷，不知該做何反應。一時間，沉默在空中發酵蔓延。

奧古斯擔任學院導師多年，早就習慣這種反應了，他繼續說明下去：

「這不是普通的轉蛋機，是學院的私人研究團隊共同研發的機器，只要將元素石從這個孔洞投遞下去，機器就會開始運轉，藉由判別礦石的品質、大小及種類，從培育系統中篩選出適合的魔獸。千萬記住，每個人只能有一次的機會，所以請務必好好慎選礦石的種類，之後可不能反悔唷。」

「可是魔獸再怎麼樣也不可能裝得進轉蛋殼啊，這是虐待動物！」白織的聲音比平時高出了幾度，充分傳遞出他的難以置信。

「是不能，但我也沒說裡面裝的是魔獸的成體嘛。」奧古斯在眾人更加摸不著頭緒之前趕緊出聲解釋，知道自己耗費太多時間在說明上了，「是魔獸的幼體，更正確的說法是未孵化的蛋。在蛋尚未孵化之前，什麼事都有可能發生，請做好迎接一個生命誕生的準備。」

「人家還沒結婚就要當媽媽了啊。欸小白，到時候替本皇女照養一下，養育幼兒向來是雄性的責任不是嗎？」菲莉蕬立即向學伴下達指令。

「不好意思，我向來提倡兩性平等！」白織連忙反擊。

「聽起來似乎有點意思。」就連向來對任何事物都漠不關心的魔王也產生了一絲興趣，「不過這堂課到底什麼要上到什麼時候……」

才抱怨到一半，奧古斯就大聲宣布：「那就祝各位好運，大家解散！」

「我覺得要開作戰會議，不然學院那麼大，只是盲目的搜尋，在今天之內是不會有結果的。」菲莉蕬立即點出重點。團結就是力量，集思廣益肯定能找出好辦法。這是她的兄長時常掛在嘴邊的座右銘，雖然每次哥哥都必須仰賴他人的辦法度過難關。

「有道理，就這麼辦。」白織也舉雙手同意。

「導師剛剛說五種元素石分別對應五種地形，所以我們應該往這方向聯想。」蒔鬼小聲地表達看法，「金可能是指丘陵，而木是森林，水通常泛指海洋或湖泊，火則類似火山地形，土極有可能是盆地，這五種地形剛好都含括在學院的範圍內。」

「阿蒔說得不錯，真不愧是我看中的男人！」齊格忍不住揚起驕傲的聲調，挺起布製的小小胸膛。

「依照阿蒔的說法，我們只要分別前往這五種地形，然後各自尋找自己要的礦石不就好了？」停下腳步，白織略微沉吟，「可是這樣一來，我們就必須分開行動了。」

「森林裡不是有木元素的礦石嗎？人家一定會拿到手讓你們瞧瞧！」菲莉蕬的聲音從遙遠的彼端傳來，只見嬌小的獸耳女孩已經擅自脫離隊伍，活力滿滿地跑到前頭去了。

「咦？菲菲，不是說好要開作戰會議的嗎……」環顧四周，白織這才意識到他們竟然在不知不覺中踏入了森林地界。眼前全是拔地而起的蓊鬱大樹，綠葉遮住了天空，縫隙中透進的陽光讓空氣更顯得生機盎然，保留著原始森林的風味。

眼鏡少年的話都還沒說完，菲莉蒸已經衝進森林深處，很快就被過於茂盛的林木掩去了蹤跡。自稱皇女的獸耳女孩還是一貫地我行我素，比起某人是有過之而無不及。

「這個……或許可以作為參考。」說著的同時，蒔鬼小心地在自己的衣襟裡摸索一番，翻出了裝著三顆骰子的透明小罐，而骰子的每一角都刻著奇怪的文字及符號。

「這是什麼？」白織瞪大鏡片後的雙眸，好奇地湊上前打量。

「這是我們鬼族用來輔助決定的小道具，可以透過骰出的結果，指引明確的方向。雖然不是百分百準確，但也不會相差太遠，命中率達百分之八十。」齊格擔下解說的責任，簡略地說明了道具的用途，順道補充最重要的一點：「只要有這個就不會迷路了。」

「說起來，鬼族到底是什麼樣的族群啊？」認真思索後，白織發現自己對鬼族根本一無所知，在碰上蒔鬼之前，甚至不知道世上竟有如此神祕的族群，「為什麼之前都沒有聽過，羅亞，你知道原因嗎？」

「廢話，都說是鬼了，還能在大白天見到嗎？」羅亞沒好氣地翻了個白眼，語帶嘲諷地說。今天魔王的脾氣似乎比平常更加暴躁。

「那是因為我們平時的行事作風都很低調，專門替人占卜，有些權貴還是我們的重要客戶。不過，占卜以外的時候，我們就跟普通的弱小族群沒什麼不同，只有在必要的時候才會顯現我族的特徵。」齊格再度滔滔不決地解釋起來，還配合著豐富的肢體語言。

「普通的弱小族群指的是？」白織接口再問，心中的警鈴卻蠢蠢欲動，充滿了不好的預感。

「人族，人族普遍而言都是弱小的生物，他們無法以自身的力量保護自己，所以才會發展出武器的文化，進而產生戰爭……雖然我覺得那樣不好。」蒔鬼小心翼翼地揀選用詞，平時隱藏在瀏海後的雙眼，此時的視線卻凝固在眼鏡少年的臉上，神情出奇認真。

「為什麼看著我……」發現自己竟然無法反駁後，白織痛苦地摀著中箭的胸口倒退數步，默默收拾碎了一地的玻璃心，一臉欲哭無淚。

「別再浪費時間了，趕快出發吧。」魔王不耐煩地瞇眼，發出不滿的聲音。

「喔，好……」蒔鬼弱弱地低聲回應，立即拿起手中的小罐子前後搖了搖。

罐子內的三顆骰子在擁擠的空間內激烈地相互碰撞，六個面都輪流滾過一輪後，緩緩趨於靜止。骰子上排列出的符號給了鬼族少年新的靈感，片刻後蒔鬼提議他們該往西邊的方向去。

「占卜的結果顯示要往這邊走，或許能找到什麼……」

「好，就這麼辦！」重新打起精神的白織欣然同意，步伐一轉往西邊前進。

「……可不可以不要什麼都算上我。」魔王哀怨地嘆了口氣，實在厭倦了團體行動，一點效率都沒有。話是這麼說，羅亞還是抬腳跟上同伴。

他們依照蒔鬼的占卜結果前進，一路上的景致沒什麼變化，除了樹還是植物。途中白織和蒔鬼——或許還得算上齊格——興致很好地閒聊著，魔王倒沒什麼意願加入，其他人也早就習慣了。約莫五分鐘後，他們被迫停下腳步——

「哈，」魔王發出嘲諷的笑聲，「看來你的占卜也有失靈的時候。」

「那是不可能的。」齊格沉重地壓低嗓音說道，雖然那張布偶臉看不出什麼表情。

「……你靠太近了。」魔王嫌棄地推開突然湊近的布偶。

「怎麼會……占卜是這麼說的沒錯啊，但怎麼會是死路？」蒔鬼驚慌的程度不亞於其他人。看樣子，他對於自己的占卜能力十分有自信。

擋在三人面前的正是一條死路，陡峭的岩壁像是算好他們會走上這條路般，硬生生地阻隔在小徑底端。然而，蒔鬼似乎不打算輕易退讓的樣子，畢竟這不只關係到功課可能無法完成，更攸關著鬼族的聲譽，所以無論如何……

「誰說沒有路的，」此時有人好心地提出建議，「這面峭壁並非完全垂直，而且上面坑坑巴巴的，還有可供人站立的角度，所以爬上去沒問題的。如果占卜的結果無誤，那後面必然有什麼東西才對喔～」

這是因為那聲輕鬆的「喔」，魔王立即轉過頭。有件事很奇怪，每次在他感到困擾的時候，那人總是會恰巧出現，還不吝於伸出援手，獻上自己的關懷。

「夏洛特，你什麼時候站在這裡的？」

「一直都在喔。」夏洛特表情認真地回答。

「一直是指……？」

「我也有上奧古斯導師的課，所以也有尋找元素石的功課啊。更何況我們還有學伴契約，你以為契約是幹什麼的？我能隨時隨地掌握羅亞的行蹤，就像緊緊靠在一起的兩顆心。」像是沒有察覺到對方越來越難看的臉色，夏洛特自顧自地說著，語末還友善地眨了眨眼。

——你是哪來的跟蹤狂嗎？魔王覺得自己可以加點白織的吐槽技能了。

「一定要爬上去嗎？我有懼高症啊……」顫抖的聲音打破了現場的微妙氣氛，不用轉過頭就知道，眼鏡少年的臉色又白上了一階，「是真的啦，懼高症乍聽起來沒什麼，但真的會死人啊！」

「我沒有不相信你啊。」魔王淡定地回應。

事情突然出現轉機，白織眼神一亮，嘴角忍不住上揚，「那麼，我是不是可以不用……」

然而，魔王下一秒卻這樣表示：「給我上去，不要浪費彼此的時間。」

白織頓時垮下臉，但自知無法逃過這一劫，手腳已經動了起來，艱辛地爬上了峭壁，嘴上卻還是繼續強烈表達著自己的不滿：「不公平，羅亞你為什麼每次都對我這麼壞，但是你都不會對夏洛特這樣，朋友不應該分等級的！」

「啊，對不起，白織同學我都不知道你會這麼想。」夏洛特已經攀在白織鄰近的岩壁上了，「不過禮拜一二三四五六羅亞都是我的，星期天就讓給你好了，希望你不要太介意。」

「那不是幾乎全包了嗎……」白織同學脆弱易碎的幼小心靈絲毫沒有被安慰到。

魔王的體力是有目共睹的差，此刻的他已經落後了一段距離，所以沒聽見前頭的兩人都在談什麼，但他是不可能錯認背脊深處竄過的一抹惡寒的。

他們絕對是在談論他，而且絕對是他不想知道的內容。

費了好一番勁，魔王才終於攀爬到頂端，手因為過度的勞累發著抖，氣喘吁吁，頭髮也亂得東翹西翹，實在無心維持王應有的姿態。他看著早先他一步上來的背影，「你不是說你有懼高症嗎？要不要好好解釋一下？」

「我的確很害怕啊，只不過當我害怕的時候腦袋就像有聲音在告訴我沒問題我可以的，這番鼓勵對我起了莫大的作用！」白織緊繃的神情已經消退了，「不過幸好眼鏡沒有破掉。不知道為什麼，眼鏡破掉總覺得會發生什麼不符常理的事情。」

白織也能隱隱感覺到白銀的存在嗎？

「羅亞，還好嗎？起得來嗎？」夏洛特不忘關心自己的學伴，將累得蹲坐在地的魔王拉起來，羅亞欣然接受對方的好意。

「那個啊……」蒔鬼滿臉驚懼地從前頭回來了，聲音顫抖著，而齊格罕見地沒有開口，「我錯了，我占卜的結果可能不準，我們回去好不好？」少年的音調也比平常尖銳，語氣十分急促。

「怎麼了？」夏洛特一邊問一邊向前，打算親眼看看讓對方那麼懼怕的原因，「哇喔，原來是這麼回事啊，看樣子確實有點傷腦筋了。」

「都到這了，如果輕易掉頭回去，那我剛剛的努力算什麼？」魔王不贊同地蹙起眉頭，比起麻煩的事，他更加討厭半途而廢，「你不是對自己的占卜很有自信嗎？是什麼讓你寧願承認自己的失誤？」

「你們不懂啦，鬼族的祕術占卜是不可能出差錯的。」齊格終於開口，連他都有些沉不住氣了，「但，有些事可不是光靠占卜就能解決的。」

然而魔王此刻已然來到前方，與夏洛特並肩眺望峭壁下方。

從他們現在所處的制高點，可以輕易將前方的景色盡收眼底。蔓延的厚重霧氣幾乎將森林的後半段包裹其中，但顏色卻是不祥的濃黑，無情地阻隔了視線。

長年與黑暗為伍的魔王當然不可能不知道這代表了什麼。

這裡有魔物棲息，數量上還不是普通的多。黑霧並非自然現象，而是由各種各樣的魔物呼出的氣息匯集而成，這表示前方肯定十分凶險。

夏洛特突然出聲，替大家做了決定：「我們趕緊下去吧！」他的語氣真摯，堅定地邁開腳步，卻被魔王一把拉回來。

他是沒什麼差，但這個笨蛋這樣是要其他人跟著去送死嗎？魔王不能無視這種飛蛾撲火的愚蠢行為，皺起的眉頭下意識地又更緊了幾分，看起來有些惱怒。

「我不能讓你這麼做，底下的情況你也不是不知道，就算你做好了萬全準備，但誰也不能保證會發生什麼樣的事。」

「羅亞，我知道……」夏洛特輕輕掙脫被對方抓著的手，別開頭眺望峭壁之下，「你是為了我好，但這不只關係到我們的功課，所以你不用再勸我了，我必須去！」

「你……」魔王被夏洛特視死如歸的表情震懾住，久久答不上話。

是不是沒有抱著必死的決心，就沒有當勇者的資格？

「你不明白這對我有多重要。我以為我不需要跟你爭論這種事，你一直都懂我的不是嗎？」夏洛特靜靜回望羅亞，琥珀色的雙眼是如此純粹，彷彿折射著靈魂的色澤。

「可是……」腦中忽然混亂不已，望著這樣的他，魔王不知道自己為何喪失了語言能力。

「白織他啊……」夏洛特輕輕嘆息，提起了眼鏡少年。

嗯？這跟白織有什麼關係，為什麼又要扯上他？

「他摔下去了，我們非得去救他不可！」金髮少年握緊雙拳，看向羅亞的眼神堅毅執著。

原來不是為了他，而是另一個不可抗的因素。

「你會跟我去救他的，對吧？」

這該死的白織，為什麼老是成事不足敗事有餘？

魔王的臉色頓時蒙上一層陰霾，眼神死到不能更死。「我會跟你去救他，但我不能保證在找到白織之後他還能保有全屍。」

「啊，這樣可就麻煩了。」夏洛特立刻露出出傷透腦筋的表情，走到眼鏡少年摔落前駐足的地方，探頭精神喊話，「白織同學，你千萬要撐住！我跟羅亞等等就會下去救你了，千萬要留個全屍啊！」

「……我們好像又被排除在外了呢，齊格。」蒔鬼弱弱地道出感想。

齊格頗不以為然地哼了聲。「所以說，我最討厭什麼兩人世界了。在那個世界，除了彼此，連路人甲的角色都被抹除了。」

蒔鬼似懂非懂地點點頭。「齊格每次都能說出深奧的話呢。」

怠惰な魔王の
転職条件

第四章

你掉的是白織還是白銀？

How to Change Career
from Demon King to Hero

白織早就習慣了，像他這種充其量不過是眼鏡弱雞的路人角色，總是會遇到大大小小的災難。但他真的沒想到，自己就要面臨真正的死期了！

他連遺書都還來不及撇下一筆就要撒手人寰了嗎？這、這會不會太刺激了？這種與死神擦肩而過的場景根本不是他這個配角該有的待遇，他的眼前彷彿閃過了人生的跑馬燈……

好吧，其實什麼都沒看到。白織認命地爬了起來，將歪了一邊的眼鏡扶正，抬頭看了看幾乎看不到頂的岩壁，從那麼高的地方摔下來，身上只有些擦傷，就連最寶貴的眼鏡也完好無損，這是不是表示運氣還是跟他站在同一陣線的？所以，此刻他該做的就是像在商場裡走失的孩童，不要亂跑、乖乖等人來找……

望著黑霧環繞、伸手不見五指的前方，白織不自覺地嚥了口唾沫，額上布滿冷汗。

果然還是好可怕啊，整個人被恐懼支配的眼鏡少年忍不住揚高聲調呼救：「救命啊，救命……」

喊到一半忽然哽住，不是他被口水嗆到了，而是內心的警鈴忽然響徹雲霄，頸後的汗毛紛紛豎了起來。有什麼在他的背後，想到這裡，白織突然瞪大雙眼，還來不及細想，一條鞭子般的尾巴便猛力朝他的後背掃來，他被打個正著，飛了出去。

白織面朝下撲倒在地，鏡片碎裂四散。少年一動也不動地躺在地上，鏡框後的臉呆滯了片刻，像是遭受到了莫大打擊。

虎視眈眈的魔獸見機率領同伙飛撲上前，張開血盆大口準備大快朵頤，然而強而有力的下顎卻沒有咬到食物的感受，魔獸愣了一下，垂下巨大的頭顱，赫然發現原先倒在地上的獵物早已失去了蹤影。

「真是的，不要那麼久才喚醒我一次，就只是為了這種微不足道的小事好嗎。」白髮少年摘掉只剩下鏡框的眼鏡，整個人氣場一變，彷彿脫胎換骨一般，不只如此，就連平淡無奇的臉也變得英氣逼人。

獵物的驟變令在場的魔獸們不敢輕敵，紛紛轉為防禦的架式，嚴陣以待。

少年見狀，只是好整以暇地整理自己染上髒汙的制服，笑容可掬地自我介紹：「你們好，我是白銀。」

「你有聽到什麼嗎？」夏洛特跟羅亞走在濃稠的黑霧中，左顧右盼地說，「好像是人的求救聲。」

在爬下斷崖的途中，他們不知不覺地就和蒔鬼及齊格走散了，此刻在黑霧環繞的森林中，他們只有彼此了。

「小心一點。」魔王面無表情，聲音充滿不耐，卻時刻注意著金髮少年，確保他能安全避開前方的障礙物。

長年居住在暗黑大陸上，即便不怎麼出門，魔族的良好視力還是能讓他輕鬆看見潛伏在霧氣中的各種生物。

魔獸的數量比他想像中的還要多，但夏洛特只是遲鈍的普通人族，對他而言這片黑霧大概就只是奇怪的自然現象吧，才能這樣無所畏懼地走在他旁邊。

這樣很好，魔王不希望他受到半點傷害。一個白織就夠了，要是連他都保護不了，那自己還有什麼存在的意義。

「羅亞，霧這麼大我什麼都看不到，但看你這麼從容不迫的樣子，是不是能看到霧裡面有什麼東西在活動啊？」夏洛特終於意識到少年的與眾不同。

「嗯，看得到。」魔王簡潔地回答。

「那你可以告訴我裡面有什麼東西嗎？」

魔王側過頭，乍看之下像是在仔細思考對方的請求，事實上卻盯著一頭正扭曲著噁心的身軀緩緩從他們身旁溜過的龐然大物——這種東西不知道也沒什麼損失。

「沒必要。還有，靠過來一點。」羅亞伸手把夏洛特拉近了一些。

人很奇怪，越是被人拒絕，內心的那份好奇更是有增無減。但夏洛特再怎麼樣努力左顧右盼，見不到的東西就是見不到。可惡，羅亞也太小氣了吧，看來只好用這招了——

「吶，羅亞，霧真的很大，為了避免走散，你想跟我做一件事嗎？」

「嗯？」

「我們牽手吧。」

「……一定非得如此嗎？」魔王擺出抗拒的態度，內心不知為何天人交戰著。

「當然啊！」夏洛特一臉理所當然地點點頭，嘴角的笑意卻逐漸張揚，「如果走散的話，事情會相當麻煩的吧？而且你也不想讓我找不到你對不對？所以，最好的辦法就是牽手！」

確實有幾分道理，但魔王還是覺得根本不用做到這種地步。既然對方怕自己找不到他，那就由他來找他不就好了嗎？

「我認為……」

「你不會認為是我想吃你豆腐吧？」

聽出夏洛特語氣中的淺淺笑意，魔王立刻否定：「不，我才沒有。」

「那就讓我牽你的手嘛。偶爾我也想保護你一下，要不然身為未來勇者的我豈不是太遜了。」夏洛特認真的眼眸眨也不眨地直視著他，鄭重地伸出左手。

魔王微微皺眉，望著每次總會有驚人之舉的少年，半晌後才默默伸手回握。

「我才不需要任何人的保護。」需要保護的對象應該是他才對，但羅亞最終還是沒有潑夏洛特冷水。感受掌心貼著掌心的溫熱感，魔王的身體忽然有些發燙。

夏洛特完全沒有察覺同伴的身心狀況，像個沒事人般走在羅亞身邊，彷彿類似的舉動已經做過數十次、數百次，一點也沒有初回的尷尬或生澀。

「啊，對了，羅亞。」走著走著，夏洛特像是想到了什麼，轉頭卻見到對方難看的臉色。「你、你怎麼了？」

「我很好。」魔王勉強回道，神情恢復漠然，臉頰卻紅通通的。

「我是想說既然你可以看穿這團黑霧，不如就由你來同步轉播現況。如果我們能先分清東南西北的話，就能在找人的同時研究出口在哪個方向，這樣狀況不對勁的時候，起碼還知道可以往哪跑。」

「好，就這麼辦。」

——這麼好說話？

「你真的沒事嗎？你的臉好紅喔，難道是中暑了？但是這裡又溼又冷，不至於會熱到吧。」夏洛特偏了偏頭，覺得有些納悶。

魔王沒有回應，眼神飄移，看了眼他們仍握緊的手。不知道為什麼，他突然不想放開了。

「走吧，找人。」無視夏洛特的質疑，魔王逕自拉著他往前邁步。

但怪事忽然發生，霧氣的顏色加深，一陣強烈的氣流朝兩人襲捲過來。他們下意識閉緊眼，待風止息，羅亞的身邊已經沒有半個人影了。

他和夏洛特最終還是走散了，魔王愣愣地攤開手，瞪著掌心殘留的餘溫。

此刻的濃霧像塊密不透風的黑布，連魔族向來引以為傲的絕佳視力也不管用了。魔王詫異地瞪大眼，霧氣裡似乎有什麼東西正在蠢動，周圍傳來細微的騷動聲。

羅亞猛然回過頭，視線集中在某一點，迅速抬起手臂抓住了什麼——是手，一個人的手。

少年心中大喜，但從霧氣裡浮現的臉龐逐漸清晰，羅亞一愣，掩飾不住心中的猛然失落。

「白織……？」不，這個感覺是……

「小貓咪，你就這麼想跟本大爺滾床單嗎？」不等魔王回應，臉上少了眼鏡的白織趁機欺上前，眼裡浮現戲謔的笑意。

魔王果然還是不喜歡這樣的「白織」，他不客氣地推開對方。

「你是白銀，沒錯吧？」

「是的，我是白織的哥哥。」白銀一點也不介意對方的反感，只是笑盈盈地退幾步。「有什麼好懷疑的？哥哥保護弟弟是天經地義的事。」

此時的霧氣顏色似乎比上一刻還要淡了一些，這裡果真有著什麼古怪。

「這些都是你做的？」魔王低下視線，掃過周遭橫七豎八躺著的魔獸屍體，傷口的大小及部位都不一致，難以想像始作俑者是靠什麼來以一抵十的。

「嗯啊，誰叫牠們要朝我衝過來。我不是主動出擊的類型，但踩到我的底線就另當別論了。」白銀雲淡風輕地解釋。

「你是怎麼辦到的？白織的實力可沒這麼強悍，不妨由你來解釋給我聽吧。」白織的實力不弱，卻不是攻擊類型，白銀的攻擊力卻恰巧跟防禦型的白織背道而馳。同個身體卻擁有這麼極端的能力，這也太不合理了，白織的身上肯定藏著什麼祕密。

「呵，告訴你也無妨，雖然以兄長的身分自居，但我只是白織體內潛藏的裡人格罷了，他本人還未意識到這一點。」

「裡人格？」體內擁有另一個自我意識的人格，這可真新鮮……

「白織從小就是個沒自信的孩子。」

「嗯，看得出來。」名字取成這樣，換作誰都會沒什麼自信吧。

「作為族中的長子必須肩負照顧弟妹的責任，他始終沒有自信能做好這件事，但他一點都不灰心，因為有個親如兄長一樣的人時常陪著他、給予鼓勵。」白銀露齒一笑，「然而有一天，這樣的人卻消失了。那是白織才八歲時的事，為了救不慎跌入湖中的他，對方犧牲了自己。或許他本人一直心存愧疚，所以『我』就誕生了，作為白織的『哥哥』。」

原來是這樣。

「白織的實力原本就不弱，但他本人不只沒意識到這點，而且碰到突發狀況時也只會閃躲，所以「我」才會出面替他收拾殘局。」

魔王點點頭，瞇起眼，不想對這個祕密做出任何評論。每個人總有那麼一兩件不想被人提起的事，只是平時不起眼的角色，竟然身懷如此不尋常的設定，這讓他有點不是滋味。

「好了，不提白織了，不如來談談我們的事情吧？」白銀勾起迷人的笑容，自信地將頭髮往後一撩，舉手投足間散發著濃濃的雄性吸引力。

「我跟你有什麼可談的？」魔王神色一凜，不悅地瞪向對方。

「有很多啊，」白銀臉上的笑容未減，神色曖昧，「不過我不想在大庭廣眾下談，今晚不如就到我的房間……」

「都說了，別對我的獵物出手啦。」

熟悉的嗓音輕快地響起，白銀渾身僵了僵，眼白一翻昏了過去。

夏洛特的身影從霧中現身，撐住白髮少年失去意識的身體，緩緩放到地上。

見到對方安然無恙地出現在自己眼前，魔王雖然什麼都沒說，但心中的大石瞬間放下，緊繃的神情稍微鬆懈了一些。

「你不是說要保護我的嗎？怎麼隨隨便便就不見了，知不知道我有多困擾啊。」羅亞把頭撇開，語氣埋怨，卻掩飾不住內心的擔憂。

「嗯……這個嘛，」夏洛特一怔，忽然有些無所適從，但很快就恢復成平常的樣子，輕笑著說：「知道了，下次我一定會好好保護你的。」

「用不著等到下次，我給你的期限只有今天，好好做好你對我的承諾吧。」

「什麼嘛，只有今天而已嗎？」夏洛特扁了扁嘴，隨後挑起眉，「羅亞，小氣的男人是不會受人歡迎的。」

魔王選擇無視，直接轉移話題：「你是怎麼找到我們的？還是說，你從那邊過來時有看到什麼嗎？」

「啊對了，這麼一說我才想起來，」被這麼一提醒，夏洛特的腦袋彷彿啟動了什麼開關，眼神瞬間一亮，「我剛剛看到——」

就在這時，一個不明物體無預警地從兩人後方偷襲，硬生生打斷了夏洛特。

魔王首當其衝，成為第一名受害者。一條又粗又長、覆滿噁心疙瘩及不明黏液的觸手迅速纏住了羅亞，將他整個人舉至半空，同時其他觸手接連攀上他的身體各處，限制住羅亞的行動，只能任由這些滑溜的觸手恣意地在身上遊走，彷彿在宣示著主權。

「羅亞！你等一下，我馬上就來救你！」夏洛特一驚，連忙往前一滾躲過觸手攻擊。他抽出自己的配劍，如臨大敵地盯住敵人的動態——等等，這個畫面……「好像有點不錯耶……」

「嗚嗚嗚嗚……嗚嗚嗚！（你在說什麼鬼話！）」魔王只能勉強發出微弱的抗議聲，他的四肢、腰間、頸部、頭、甚至連嘴都被觸手捆住，被黏液嗆紅的眼角閃著淚光，看樣子似乎很不妙。

夏洛特還是第一次見識如此重口味的ＰＬＡＹ，瞬間恍了恍神，才會脫口說出真心話。幸好他馬上找回了理智，緊張地解釋：「剛剛那個是我口誤，能不能再給我一次機會，這次我絕對會好好表現的！」

「……」

「你這個邪惡的變態魔獸，怎麼可以隨隨便便就達成別人心中的妄想，我饒不了你！」以這句當作戰鬥的開場，夏洛特握緊手中的劍，雙眼燃燒著熊熊鬥志。

劍光一閃，流淌著耀眼的光明屬性，金髮少年舉劍猛力躍至空中，刷刷幾下，觸手隨即斷開四散。

身上的重量忽然一輕，魔王掙脫束縛，整個人跌進迎頭趕上的某人懷中。

羅亞抬起頭，對上的仍是那張過分陽光的臉，還有得意洋洋的神情，「看吧，我就說我可以保護你的。」

實在很不想承認自己被對方救了一回。「……放我下來。」

羅亞的腳重新落回地面，還沒站穩，魔獸的攻擊便再度襲來。

被利劍所傷的觸手殘骸在扭動幾下後迅速接回本體，看樣子絲毫未損。合體後似乎變得更加粗長的觸手，甩著黏液猛力朝他們砸下。但兩人早就有所準備、分頭避開，同樣的虧羅亞是不會吃第二次的。

觸手魔獸終於露出了真面目，是一隻長得像海葵，主軀幹卻至少有五公尺高的墨綠色怪物。不知道長在哪裡的嘴發出震耳欲聾的怒吼，魔獸舉起觸手打算故技重施，在憤怒的驅使下，此次的攻擊威力可能非同小可。

羅亞和夏洛特下意識地打算避開，腳下卻不約而同地踢到了什麼——是白銀，還躺在地上不醒人事。

魔王無言了，投向夏洛特的眼神彷彿在說：「你看你，能不能不要每次都把人擊昏？」

夏洛特聳了聳肩，不好意思地撓撓後腦。「誰叫這個傢伙真的很危險嘛，不過如果是白織的話就沒問題了。」

「為什麼？」

「因為白織不像我這麼喜歡羅亞啊。如果是的話，作為競爭者，我是不可能會輸的。」

「……」

這下他們只能硬擋下攻擊了。如果避開的話，觸手就會逮到地上不省人事的少年。那種被緊緊束縛的滑溜觸感魔王才親身體驗過一回，現在回想還會起一身雞皮疙瘩，說有多不適就有多不適。

魔王用力晃了晃頭，強迫自己將注意力重新落回眼前的戰場。

觸手挾帶著驚人的氣勢襲來，魔王和夏洛特不閃也不避，等待著出手的時機。

然而下一秒，有什麼東西朝著這裡疾衝而來，完全沒有剎車，就這麼直直撞上魔獸的龐大身軀。在重力加速度下，魔獸竟然硬生生被撞飛了。

那團殘影在他們面前緊急停下，竟然是有如惡夢產物的存在。來者面貌猙獰、五官刻著生硬的角度，體型壯碩，銅鈴大的血紅瞳孔灼灼地瞪著他們，額頭上一對長長的犄角，微彎的末端刺向天空，外型實在像極了……

惡鬼。

惡鬼張開布滿可怕獠牙的嘴。

「羅亞你們在這啊，齊格他……」吐出的卻是蒔鬼焦慮的低泣聲。

羅亞和夏洛特這才驚覺，原來對方是不知道為什麼以惡鬼形象示人的蒔鬼，齊格像隻真正的破布偶般，一動也不動地躺在惡鬼的掌心。

「齊格不會是死了吧？」蒔鬼淚眼汪汪地問道。一想到這個可能性，他的情緒似乎更加歇斯底里了。

「我剛剛正要跟你說，我在來這裡的途中看到了鬼。」夏洛特平靜地開口。

「以後這種事情早點說好嗎。」

眼見蒔鬼離崩潰只有一步之遙，誰知道這傢伙崩潰後會不會暴走無差別攻擊，魔王只好硬著頭皮走上前，動作輕柔地拿起齊格，默默將布偶重新套回蒔鬼此刻長著尖爪又巨大的手上。

原本毫無生氣的布偶又重新活了過來，哇哇亂叫著抱住了蒔鬼猙獰的鬼面，彷彿剛才只是一時當機。看樣子齊格一旦脫離蒔鬼就會變得像尋常的布偶，而失去齊格的蒔鬼就會惡鬼化暴走，這似乎是屬於兩人的禁制。

看到齊格又安然無恙地出現在自己的眼前，惡鬼在一眨眼間就變回平常那個害羞的清秀少年。「齊格，看到你真好。」

「我剛剛似乎失去意識了，阿蒔你的那個不會又跑出來了吧？真是的，情緒起伏那麼大，你是什麼更年期的婦女嗎？」

「我還沒有更年期啦……」

「各位，不要忘記我們任務是找到元素石喔。」夏洛特的聲音適時傳來。

他走到倒地的白織身前，在對方身上摸出備用眼鏡幫他戴上，然後一把將少年扛上肩，示意眾人繼續前進。

「你的力氣好大喔……」蒔鬼不可思議地輕聲讚嘆。

「阿蒔，占卜。」齊格忍不住提醒。

蒔鬼立即使出鬼族的占卜術，讓骰子繼續指引方向。藉由魔族能夠看穿黑霧的視力，一行人左拐右繞地避開危險，總算走出這片詭異的森林。

白織就在這時醒了過來，慌忙從夏洛特的肩上下來，一臉驚恐地交叉手臂護在胸前。「你們趁我失去意識的時候都對我做了些什麼？」

「是你對我做了什麼吧。別耽擱大家的時間了，快走。」魔王沒好氣地回道。

「誰醒來發現自己衣衫不整都會有相同的疑惑吧……」白織低聲嘟囔，不情願地移動腳步，走在隊伍後頭。

「這樣太慢了，一點效率都沒有。」魔王突然耐性全失地停下腳步，似乎不想再這樣依循占卜的結果慢慢走了。

「可是占卜顯示只要再往這邊走……」隊伍最前頭的蒔鬼回過頭，小聲地安撫。

「地圖給我。」魔王直接打斷鬼族少年。

「你要地圖幹嘛？」抱怨歸抱怨，白織還是從身上摸出一張地圖給對方，「羅亞不是路痴嗎？不要帶我們到奇怪的地方去啊！」

魔王沒有回應白織的質疑，只是攤開地圖，神情專注。「安靜，我只是想要分辨出元素石的確切位置。」

「那種事有可能辦得到嗎？」

「看我表演就對了。」魔王一彈指，發出清脆的響聲，地圖竟然自己浮起，飄在半空中。

其他人瞪大雙眼，但沒人敢出聲打斷，彷彿這是什麼神聖的儀式。

直視前方的魔王，雙眸隱約有魔力竄動，像是乘載著浩瀚星空。地圖彷彿感應到了什麼，分別在路線圖上的某幾個點閃爍著不同顏色的符號，那似乎象徵著元素石的所在地。

「你們就照著這幾個地方去找，分頭行動省時多了。」

「哇，沒想到你連這個也會，我是不是太小瞧你了，羅亞？」夏洛特從魔王的肩後探出頭來，親暱地貼了過來，「你要不要告訴我，你到底是什麼人？」

「我……」羅亞的心神一亂，漂浮在半空的地圖失去了魔力的傳輸，直接朝地面墜落。他往前跨一步，拉開和金髮少年的距離。難道還是被發現了？

「真是的，幹嘛擺出這個臉，我一直都知道的啊。羅亞在我心目中始終是最特別的，不是嗎？」夏洛特安靜幾秒，然後嘻嘻笑著說，笑彎的雙眼迎上羅亞的審視。

眼前的兩人世界似乎有點難介入，白織默默撿起地上的地圖。他和蒔鬼對看一眼，不約而同地嘆了口氣，齊格安慰地拍了拍兩名背景少年的肩膀。

怠惰な魔王の転職条件

第五章

食物遭竊只好守株待兔

How to Change Career
from Demon King to Hero

經過一番努力，五個人都各自找到了元素石。菲菲是木元素，白織是水元素，蒔鬼是土元素，而夏洛特是金元素，魔王則拿到了火元素。

大家有驚無險地回到魔獸學上課的空地集合，把元素石投進轉蛋機。「喀咚、喀咚」幾聲，沒有聲光特效、沒有炫目魔法，外型、顏色、大小都不同的魔獸蛋就這樣平淡無奇地掉落。

羅亞他們順利地拿到了自己的魔獸蛋，但魔獸課的習題並沒有就此畫下句號。

羅亞坐在宿舍寢室的床上，捧著他的魔獸蛋品頭論足。這顆蛋頗有重量，大小和外型都有點像橄欖球，蛋殼表面覆著火焰般的暗橘紋路。他雖然自認對魔獸頗為了解，但還真的沒見過孵化前的魔獸蛋，實在是猜不出手上這顆會孵出什麼鬼東西。

是不是應該去問問夏洛特啊？畢竟人家有一隻從小飼養的帥氣魔獸

紅丹，想必經驗極為豐富。

接著，羅亞的腹部傳出悶響，提醒他進食的時間到了。

「羅亞，這是你未來的伙伴，是家人，不要一個衝動就把人家吞了啊啊啊！衝動是魔鬼啊！」這一幕碰巧被剛踏進魔王房間的白織看見，他嚇得趕快出聲阻止。

「吵死了，誰說要吃牠了，我只是剛好肚子餓不行嗎？」羅亞奉送對方一記白眼，伸長手臂將蛋放回床頭上以絨布構成的窩。「倒是你，來找我幹嘛？」

「我只是想來問問正確的孵蛋方法，」白織說，「我每天放被窩一起睡，都過一週了，好像還是沒什麼反應，是哪裡出了什麼問題嗎？」

「那種事情我怎麼會知道？」魔王兩手一攤道。

「可是導師有說，」白織頓了頓，「下週的魔獸學概論要帶幼體型態的魔獸給他檢查耶。」

「這種事我怎麼沒聽過？」

「因為你根本沒在聽課吧……」白織小聲吐槽。

「既然如此，那就沒辦法了。」魔王一把撈起床頭的魔獸蛋，然後高高舉起——

「不行！」白織趕緊出手攔截。「你瘋了嗎！」

「那不然你說要怎麼辦？」

「我就是不知道才來問你的啊……」眼鏡少年第二次無言以對。

「啊。」魔王突然輕呼，似乎想到了什麼辦法。

「又怎麼了？」看著魔王一手夾著蛋、一手翻出了自動爐和鐵鍋，白織有種不好的預感。「羅亞，你在幹什麼……」

「煮東西。」羅亞翻身下床，順手把床頭櫃上的水壺拿來，豪邁地全倒進鍋裡，把蛋丟進去後認真地調整爐火大小。「火是不是應該再大一些呢……」

「有誰會把魔獸蛋丟進滾水啊？」白織難以置信地大喊，「又不是水煮蛋！」

羅亞面無表情地看了一眼快煮開的水。「蛋本來就是要拿來煮的。」

「……你真的要吃了自己的伙伴嗎？」

羅亞聳聳肩，臉上讀不出任何情緒。「反正也孵不出什麼東西。」

白織聽到這總算明白了，對方不是真的要吃掉蛋，不過是在耍性子罷了。

「就算是這樣也不能亂來啊，這樣可是在殘害小生命耶。」

這時候，鐵鍋裡突然傳出奇異的輕響，眼鏡少年趕緊轉頭察看，只見在滾水裡載浮載沉的蛋有了不一樣的變化，粗糙的表面竟然爬滿了蛛網般的裂痕，逐漸加深，擴大到整個表面——有什麼即將破蛋而出了。

看著這樣的變化，兩名少年滿心不可思議，無言地互望一眼。原來還可以用加熱的方式啊……

就在這時，魔獸蛋終於一分為二，從中噴出的強烈熱氣竟然蒸發了鍋中的滾水。羅亞和白織向後一跳，視野一片朦朧，等到水氣散去後才發現，有個毛茸茸的黑影攀著鍋緣探出頭來。

小傢伙有著一身漆黑發亮的蓬鬆毛皮，圓滾滾的眼睛一眨一眨，努力適應著陌生的世界，目光還抓不到焦距。小獸發出微弱的嗚咽聲，小小的肉掌動了動，看起來像極了一隻垂耳的小奶狗。

犬型魔獸緩緩從蛋殼碎片中往上爬，但平衡感還沒有很好，爪子一滑就摔出鐵鍋，從爐子上滾了下來，一臉迷糊地坐在地板上，東瞧西望，對周遭的一切充滿了好奇心。

魔王張了張嘴想說什麼，喉嚨卻發不出聲音。他很難形容現在的感覺，內心癢癢的，似乎有點緊張又有些期待……

白織見狀，一把將羅亞推到犬型魔獸的眼前，「你還愣著幹嘛！」

「我才要問你想幹嘛……」魔王的態度有些勉強，難得表現出了扭捏不安。

「你不知道雛鳥情節嗎？」

「那是什麼？」

「雛鳥情結是指幼鳥會將破殼後第一眼見到的動物套入父母的角色。」

「你眼睛瞎了嗎？這怎麼樣看都是狗而不是鳥。」

「都一樣啦！生物雖然有著多樣化的特性，但都是從殼裡出來的，我想認親機制應該差不多吧，會把第一眼見到的對象當成父母。」

「父母……」魔王從來沒想過自己會有為人父母的時刻，因此大腦有些錯亂，下意識地感到抗拒，卻又不知道自己在抗拒什麼。

「這麼說起來，羅亞是媽媽的話我不就是爸爸了嗎？」白織自顧自地接口，沉浸在不切實際的幻想中。

「等一下，為什麼我是媽媽？而且爸爸也輪不到你當好嗎，應該是——」

「是誰？」白織好奇地反問。

一瞬間，魔王的腦海浮現某位金髮少年的臉……不、不對！為什麼這時候會想起他？羅亞漲紅了臉，低下頭不發一語。

「總之，不要辜負牠的期待。」白織嘮嘮叨叨的聲音打斷了魔王混亂的思緒。

「誰？」魔王疑惑地反問。

「就是牠啊。」

順著對方所指的方向低頭望去，視線接觸到的是一張友善的狗臉，圓滾滾的眼睛緊緊瞅著他不放，似乎已經視他為唯一的家人了。幼獸努力仰起頭，兩隻小爪子巴住羅亞的褲腿，展現出魔獸的忠誠。

「……你想怎樣？」被如此灼熱的視線盯著，魔王泛起一陣雞皮疙瘩，手都不知道該往哪擺放。

「抱抱牠啊，增加對彼此的初步認識。」白織熱心地提出建議。

「抱？」又是一個不怎麼熟悉的詞彙，仔細想想，羅亞似乎跟這個詞完全無緣。他從小就不是個討喜的孩子，老爹也不曾抱過他……

魔王僵硬地張開雙臂蹲下身，然而僅止於此，身體抗拒著更進一步。幼獸好奇地瞅著少年古怪的動作，溼潤的鼻頭貼近，嗅了嗅羅亞的掌心，然後邁開小短腿跳上他的胸口。第一次不成功，又試了第二次，羅亞反射性地收緊雙臂。

他平舉手臂，將幼獸拿得遠遠的，彷彿手中是什麼危險的爆裂物。

「真的好可愛啊！好想抱抱看喔。」白織發出任何人見到可愛事物都會有的感嘆，露出被融化的表情。

「吶，給你。」魔王僵硬地轉過身，不自然地遞出手中的幼小魔獸。

「不不，君子不奪人所好。」白織連忙笑著婉拒，「牠現在是你的了。」

「我的了……？」

魔王很想當作什麼事都沒有發生，但手上暖呼呼的重量提醒著他這就是現實。羅亞表情難看地低頭，小狗睜著水汪汪的大眼回望，然後趁他毫無防備，掙脫禁錮撲上去巴住羅亞的肩膀，毛絨絨的頭顱上下磨蹭著他的頸窩。

逼不得已，羅亞只好勉強托住幼獸，不讓牠從自己身上摔落。

白織暗自覺得有些好笑。「這種感覺還不賴吧？沒有人可以抵擋可愛生物的魅力，沒有人。我想這就是魔寵賦予的另一項意義吧，療癒人心。」

「……醜死了。」沉默半晌，魔王低喃著吐出一句，懷中的小狗豎起一隻軟趴趴的耳朵，抗議般奶聲奶氣地叫了聲。

「明明就很可愛，幹嘛不承認！」白織不能認同友人的幼稚行徑。

「哼，我偏偏就覺得牠很醜。」魔王彆扭地撇過頭，下巴微抬。犬型魔獸又叫了一聲，這回兩隻耳朵都豎了起來。

「你看看，牠搞不好聽得懂你說的話，這樣會傷害到魔獸的幼小心靈的。」白織不贊同地微微蹙眉。

「那又如何。」

「我還聽過一種說法，」白織好心地提醒，「寵物跟主人相處久了，長相就會越來越相似，所以啊——」

「咳、咳！」魔王被自己的口水嗆到，經過一陣尷尬的沉默後，終於勉強摸了摸小狗的頭。「其實仔細一看也沒那麼醜嘛。但才不是可愛，是帥氣才對！牠以後一定會是隻超級帥氣的魔獸！」

犬型魔獸吐出粉色的舌頭，興奮地在魔王的懷中躁動了起來，像是聽得懂稱讚一樣。

「是啦是啦，不用一直強調帥氣好嗎……」白織看著不斷向魔獸洗腦兼催眠牠長大會超帥氣的粉髮少年，只能給予一個不失禮貌的微笑，然後默默從魔王的房間退出。

等著瞧，他的魔獸絕對是最帥氣的！

怠惰魔王的轉職條件

大家都滿心期盼地迎接了新生命的誕生，可能只有魔王除外。

羅亞自覺育兒不是他擅長的事，不過魔族中有個男人卻精通此道，應該可以提供協助，畢竟這類事情一直是由他負責的——自詡為魔王保母的瑟那卿。

為了推卸——咳咳——為了魔獸幼崽的健康著想，魔王跑去找過瑟那卿好幾回，但每一次都撲空。

魔王與臣屬之間有種特別的聯繫，這也是為什麼大路痴魔王總是能順利找到管家。但同時瑟那也能藉此感應到魔王的存在，並提前避開。

不過，或許是玩膩了這樣的捉迷藏，魔王終於在魔獸學上課前找到了自家管家——應該說是管家終於願意被找到了。

「魔王陛下，近日可好。」

放眼望去，周圍坐落著外型相似的木屋，然而這裡不是什麼知名度假村，而是學院為導師們安排的住所。這裡距離各年級的教學大樓不遠，周遭卻庭園圍繞，遠一點的地方還有湖泊，在鬧與靜中取得了相當不錯的平衡。

在井井有條的乾淨客廳中，一名渾身透著高貴優雅氣質的男人坐在沙發上，對於少年不告自來的闖入，沒有表現出一絲困擾或不安，只是冷冷瞥著憤然走到自己眼前的魔王。

「你不可能不知道我在找你吧？」

瑟那直接無視對方的控訴。「陛下該不會是想讓我幫忙完成課堂習題吧？這可是犯規的行為喔。」

這可不是魔王想聽到的答案。「你幫還是不幫？」雖然是在詢問對方的意願，少年的態度卻相當強硬。

瑟那笑而不語，似乎不打算起身，只是換了個舒服坐姿，繼續盯著手中的教師刊物。

完全沒有威嚴可言的魔王忍不住哀嘆一聲，垂頭盯著黏在腳邊的毛茸茸小生物。

他的蛋孵出來的是一種叫格雷伊的犬型魔獸，現在個頭不高，但羅亞知道成獸的體型會暴長，只是現在還看不出來而已。犬型魔獸的特性是對主人的絕對忠誠，格雷伊也不例外，而且相當親人，但也就是因為這點才讓人覺得麻煩……

魔王眼神已死地盯著沾滿格雷伊唾液的鞋子，不想發表什麼評論。

「身為您忠實的管家，必須善盡義務提醒您，再不去上課的話肯定會遲到的。」瑟那姿態優雅地推了推眼鏡，臉上是無懈可擊的禮貌微笑，口中卻說著毫不留情的話語。「不用我提醒您也應該知道，依照校規，遲到的學生必須扣除——」

「啊啊啊可惡！」男人的話還沒說完，少年已經一把撈起腳邊的小獸，轉身奪門而出。

這週的魔獸學概論依然是在戶外進行，但比起上週，這一次的畫面顯得熱鬧許多，放眼望去都是學生與魔獸的搭檔組合。今天的課程主題便是更進一步地瞭解魔獸的習性。

「吶吶，大家快看，本皇女飛起來了！」

菲莉蕬在空中優雅地繞著弧線飛行，雖然離地面的距離只有半層樓高，但依舊是令獸人女孩興奮不已的新奇體驗。

菲莉蕬並不是一夜間長出了翅膀——應該說，獸族少女確實多了一對小翅膀，卻沒有長在她身上。小翅膀的主人正使勁地用爪子勾住菲莉蕬，然後用力振翅，帶著少女體驗飛翔的滋味。可惜鳥型魔獸剛出生沒多久，只能勉強低空飛行。

菲莉蕬的魔獸寶寶體型不大，尖尖的鳥喙以及鋒利的腳爪像極了鷹類，是種名叫菲爾納的魔獸，性格溫馴，跟外表給人的霸氣印象差距頗大。

若非如此，也不會屈服於女孩的任性要求，把自己累得不成鳥樣。

不遠處的白織也正與自己的魔獸展開一場勝負毫無懸念的角力，在眼鏡少年的腳邊蜷成一團滾動的是一隻幼年邦提，外表像是穿山甲，背上覆滿堅硬的水晶鱗片，透著清爽的冰藍色澤，能輕鬆抵禦外敵攻擊，是以防禦為主的魔獸。有著一雙水藍大眼的幼獸雖然模樣可愛，性情卻暴躁又捉摸不定。

縮成球狀的邦提緩緩滾動，與周圍的人群拉開了一小段距離，身為飼主的白織想追回自己的魔獸，但才踏出幾步，又立即手刀衝回來，因為邦提正全速朝這裡滾來，目標相當明確——

碰碰碰碰！無辜的學生和幼年魔獸一一被撞飛，尖叫聲此起彼落。

奧古斯導師見狀迅速奔來，指使阿烏在邦提的滾動路徑上挖了個坑。只聽噗通一聲，毫無防備的邦提摔進土坑，被卡得動彈不得，這才止住了災情擴大。

白織淚汪汪地趴在坑緣安撫自家的心肝寶貝，不知道是心疼自己還是心疼對方摔痛的屁股。

生性害羞的鬼族少年帶著布偶，在湖畔的草地上餵著幼獸吃草。慢條斯理地嚼著野草的是一匹尺寸迷你、卻威風凜凜的黑色駿馬。那並非普通的小馬，而是一種叫古索丹的馬型魔獸，特徵是流竄著奇異光彩的鬃毛以及尾巴，隨著牠的心情變換顏色。古索丹的性格老實忠誠，在坐騎排行榜絕對排得上前三名，是新手的不二選擇，不過就是有點……能吃。

「吃吧，多吃一點，我再去拔一些草過來。」蒔鬼發現手中的草已經所剩無幾，馬上移動到稍遠的地方拔更多嫩草，然而沒過多久，手邊高過他的草堆又被消滅一空。

「這一班怎麼孵出來的都是奇怪的傢伙啊……」羅亞嘆了口氣，默默觀察著課堂上的各種插曲，卻沒發現腿上巴著一條小蠹狗的自己也沒什麼資格講出這種話。

夏洛特身邊跟著一隻溫順的小羔羊，是種名叫羅曼諾的魔獸，乍看之下沒什麼特別的。下一秒，金髮少年的慘叫聲傳來。

「咦咦咦，快點住手啊，不，是住口！」夏洛特從小羊口中搶下被嚼爛的破布，前身據說是他的手帕。

少了磨牙的東西，羊型魔獸開始有些不安分，在夏洛特懷裡拱呀拱地尋找，接著悠然自得地嚼起了制服衣角。少年又慘叫一聲，之後就是一場拔河拉鋸戰，夏洛特竟然一度居於下風。

距離下課鐘響還有一點時間，魔王無視周圍的吵鬧聲，撈起格雷伊先一步踏進學院特別規畫出來的飼養區，木製建築內部因應各種魔獸的習性，一間間用圍欄隔開。

小格雷伊一進到專屬的房間就開心地打了個滾，羅亞則忙著張羅水跟食物，一時間有些手忙腳亂，還不慎打翻水。

以前在魔王城雖也有飼養寵物，但只要瑟那卿定時餵養就足夠了，從來不需要他去——

「你的魔獸是格雷伊嗎？」

「誰？」

魔王警覺地抬起目光，微微睜大雙眼。面前的少年長得精緻清秀，過於白皙的膚色襯得紅髮濃黑如墨。他的綠眼微瞇，嘴角噙著一抹淺淺的笑痕，即便如此也無法掩飾整體的病弱氣質。

對方再度開口，嗓音細柔溫和。「羅亞同學不認識我嗎？好歹我們也同班幾個月了，再怎麼樣也不能忘記同學的名字啊。」

但羅亞的腦海裡真的沒有這一號人物，他通常不會費心去記毫無交集的閒雜人等。

「不記得了。」

「我是巴奈特啊。」巴奈特強調道，好像這樣就能幫助對方恢復記憶，「你家的格雷伊看起來似乎很煩躁的樣子。」

「有嗎？」魔王轉頭看向圍欄裡的小狗，活蹦亂跳得彷彿腳上裝了彈簧，一刻都靜不下來。好吧，情緒似乎是有點高漲。

「這個給你。」巴奈特拿出散發著幽香的小袋子，在接觸到魔王詢問的視線後，自動解說起來，「這是安眠袋，上面附加的魔法有安眠跟舒緩情緒的效果。把它放在格雷伊的附近，晚上會一覺好眠喔。」

誰管牠會不會一覺好眠啊。不過既然是對方釋出的善意，魔王也沒道理拒絕，於是大方接受了。

「羅、羅亞！快過來幫忙啊！」遠方傳來夏洛特的呼救聲，只見他的制服上衣快被羅曼諾啃光了，幾乎變成上空裝。金髮少年似乎很癢，一邊笑一邊奮力抵抗。

羅亞翻了翻白眼，實在很想當作沒看到。

「那個不是特A班的夏洛特同學嗎？」巴奈特的臉上寫滿不解，「最近常常在班上看到他呢。雖說是學伴，你們的關係也太密切了吧。」

「你想說什麼？」魔王冷冷地瞥了他一眼。

「沒有啦，我只是想說你們的關係真好。像我跟我的學伴就只是出任務的伙伴關係而已，平常沒事根本不會見面。」綠眼少年輕輕一笑，「夏洛特同學對羅亞同學一定很重要吧，你們是朋友嗎？」巴奈特的問題聽上去似乎沒什麼惡意。

魔王卻遲疑了，猶豫了半晌，直到視野中再度出現那張總是過分陽光的笑臉，答案呼之欲出。

「嗯，是朋友。」

這多災多難的一日註定不會安靜落幕。今天發生了不得了的大事，攸關著菲莉蒸在未來一週能不能吃好睡好。

一如往常，獸人族皇女趁著沒課的空堂，特地繞路到學生餐廳補充體力。

肉類含有豐富的蛋白質，是體內不可或缺的營養來源，更是獸人族的主食。一天的肉類攝取量如果少於五千公克，不只整個人會委靡不振，還有可能引發致命的危機。

學生餐廳內依舊人聲鼎沸，但用餐區卻只有零星幾位學生在安靜地進食，其餘人全擠在寬敞明亮的自助區，亂哄哄地大聲議論著。

菲莉蘇心無旁鶩地擠進人群，想照慣例拿幾盤平常愛吃的肉類料理，卻赫然發現眼前一盤盤看似美味的佳餚，全都加入了大量的綠色蔬菜，獨獨缺少肉類。

沒有肉！

晴天霹靂，這個巨大的打擊讓獸人皇女的腦中出現短暫的空白。少女好不容易回過神，憤慨地摔下手中的餐盤，絲毫不顧皇女該有的禮儀，氣急敗壞地衝進後方的大廚房。

「我的肉呢?!為什麼沒有肉！」菲莉蘇氣勢洶洶，逢人就質問。「居然不提供肉料理，人性呢?廚師的職業操守呢？」

眾廚師嚇得紛紛走避，畢竟這場無妄之災也不是他們能決定的啊。

最後還是由看起來最資深，地位也與眾不同的料理長挺身而出，希望能平息女孩的怒氣。

「不是我們臨時改變菜色，只是以現有的食材只能做出這樣的料理。」

「本皇女可不是吃素的啊！」菲莉蘇氣憤地大吼，「肉，給我肉！」

「那，隨我來吧。」眼看無法好好溝通，料理長決定讓對方親眼見證原因。「看了妳就會明白的。」

菲莉蘇眨了眨眼，決定暫且先跟去看看是怎麼回事，再來看要不要給廚師們一個教訓。她跟著料理長來到了離學生餐廳約五分鐘腳程的戶外倉庫，明顯儲存著大量的食材。

女孩靈敏的鼻子隱約聞到新鮮肉類殘留的氣味，便三步併作兩步衝進儲藏室，然而等著她的卻是一排又一排的空貨架，目光所及之處的肉類都被一掃而空，只留下少許的肉末。

「怎麼會……這樣……」

「我們也是今天上班時才發現的。」料理長憂心忡忡的聲音從後方傳來，「倉庫裡的肉類食材都被搬光了。要知道，在這裡存放的量可是足以供應整個學院一星期的食糧，到底是誰做的目前還無從得知。」

「只有肉嗎？」菲莉蕬還是不願意相信眼前的殘酷事實，獸耳傷心地垂下。

「是的，只有肉，其他食物都沒有遭竊的跡象。」料理長頓了頓，「不過有一點很奇怪。」

「嗯？」

「如果學院真闖進了不速之客，為了抵禦外敵而設下的禁令不可能一點反應都有，所以這個竊賊很可能不是來自於學院之外。」

「料理長，您的意思是⋯⋯？」菲莉絲機警地抬起頭，兩隻獸耳豎得直挺挺。

「學院內，出現了竊賊。」

菲莉絲的眼睛登時亮了起來，彷彿抓到了一線生機。只要抓到那名竊賊的話，學院的肉類料理就會照常供應，她就不用擔心缺糧的問題了！

「是不是只要抓到竊賊，我就有肉吃了？」

料理長沒料到女孩會突然激動地撲上來，緊緊抓著他的衣領，眼神格外認真，似乎還隱隱帶著殺氣。

「嗚⋯⋯太緊了，手、手！」

獸人皇女猛然收回手，料理長的生命終於獲得保障，勉強咳了幾聲。

「學院餐廳的食材庫也有魔法陣保護，從來沒有遭竊過，這還是頭一次。只要找到犯人、修補漏洞，我想之後就不會發生類似的事情了。」

「就有肉了？」說來說去，這才是獸人皇女關注的重點。

「到時候要供應多少都不成問題。」料理長出言保證。

「抓竊賊的事就交給菲菲處理吧！」菲莉蘇磨拳擦掌，果斷地攬下這個重責大任。

「菲菲，所以妳就只是為了這個才找我們過來的？」白織懷疑自己聽錯了，他是在忙著照顧邦提的時候被菲利斯強行抓來的。「抓竊賊的事還是交給導師們處理吧，萬一是什麼窮凶惡極的犯人，我們可能處理不來。」

「噓！」菲莉蘇神祕兮兮地示意噤聲，把倉庫的每個角落都嗅過一遍，「我現在需要靈感，而且人家現在不是菲菲。」

「那不然是什麼，獵犬嗎？」同樣被強拖過來的羅亞輕笑一聲。

「菲菲才不是狗！」菲莉蘇立即嬌聲駁斥，她挺起胸膛，煞有介事地說，「本皇女現在是偵探菲菲，我體內的某個人格似乎覺醒了。」

「菲菲，妳太誇張了，怎麼可能有隱藏人格這種事啊，不要開玩笑了。」白織推了推眼鏡，不苟同地皺眉。

「哈哈哈，白織同學還真愛說笑呢。」身為唯二知情者的夏洛特爽朗地笑了。

「說笑？我剛剛說了什麼笑話嗎？」白織一臉狀況外。

「欸欸，沒有我跟阿蒔的事的話，可以先走人了嗎？」齊格的聲音很無奈。

「當然不行！」偵探菲菲堅決反對，而且沒有轉圜的餘地，「人多才好辦事，我們絕對要在三天內找到竊賊！」

「三天？為什麼是三天？」蒔鬼困惑地問道。

「笨啊你，三天是剛剛好的時間，剛好取個中間值，時間太長的話竊賊早就不知道溜到哪裡去了。而且書裡的偵探通常都是在三天內破案的，所以偵探菲菲也必須依循著這樣的時間法則不可！」菲莉蒸說得頭頭是道，讓人無力反駁。

「普通的竊賊在達成目的之後都不會在事發現場逗留，說不定現在早就不知道跑到大陸的哪一個角落了。」魔王的分析確實有幾分道理。

「哼哼，這是不可能的！」然而，偵探菲菲卻斬釘截鐵地反駁，「料理長說得沒錯的話，竊賊還在學院裡，更重要的是有可能是內賊！」

「照這樣說的話，」夏洛特側頭擺出深思熟慮的模樣，「那麼什麼人才可能是凶手呢？想想看，要能破壞魔法陣、還有一身怪力搬光倉庫裡的肉，又要有驚人的食量解決贓物的竊賊真的不多呢。」

「總覺得夏洛特描述的條件好像有種既視感……」白織也幫忙腦力激盪，照著這幾項特質，他的確聯想到了某人——

四人面面相覷，然後將視線投向同一人。

「你們在說什麼啊！」菲莉絲大翻白眼，「我有不在場證明好嗎，而且這幾天我不都跟你們在一起嗎！」

「這只是推測，別在意。」夏洛特聳了聳肩，語氣輕鬆地說道。「對了，沒想到羅亞也願意幫忙找呢，如果是想增加跟我相處的時間，其實我們可以另外——」

「你想太多了，」羅亞連忙打斷對方的腦補，「要不是那隻笨狗只吃肉，我早就閃人了。」

「菲菲啊……」白織神情緊張地開口，就怕一個不注意又惹女孩不開心，「我真的不能先回去嗎？妳也知道最近我忙著照顧邦提已經分身乏術了，牠還小，一天要吃好幾餐呢，我不回去看著牠不行。」

「我說小白，友情跟成天只會當球撞倒人的邦提，哪一個比較重要？」

「當然是——」

「想清楚再回答喔！」菲莉蒸笑得一臉人畜無害，儼然就是嬌俏可人的甜美少女。

「當然是友情啊！」白織語氣堅定地回答。他本來就打算說兩個都重要的，不過正所謂識時務者為俊傑，說些討好對方的答案也不是不行啦。

「欸，我說你們，來一下！」

羅亞的聲音忽然從遠方傳來，大家環顧四周都沒看到人，循著聲源才一路找到了粉髮少年的位置。此時的他站在倉庫正後方的空地上，懶洋洋地招了幾下手。

「這個是……！」白織猛然瞪大雙眼，渾身湧現一股顫慄。

「這可真是驚人的發現啊。」夏洛特好奇地俯下身，嗓音多了一絲玩味。

羅亞前方的泥地上有個很大的凹槽，只有那一塊整個陷了下去，不遠處還出現另一個類似的凹槽，瞧那外觀，似乎是一對巨大的爪印。

「看樣子，我們要面對的可不是一般的竊賊喔。」魔王一貫好整以暇的嘲諷語氣傳來，聽來有些幸災樂禍。這下子，就連他也迫不急待地想找出竊賊的真面目了。

「學院裡真的存在這麼大的動物嗎？」稍稍冷靜下來後，白織還是覺得難以置信。

「依我看，應該是魔獸才對。是吧，羅亞？」夏洛特說出心中的猜測。

「這個可能性很大，因為體積龐大的魔獸並不在少數，不過這個問題的答案應該有人比我更清楚。」魔王懶洋洋地說。

「你是說奧古斯導師？」白織馬上就聽懂了暗示。的確，奧古斯導師教的是魔獸學概論，完全可以說是該領域的權威，絕對是學院內可以幫上他們的不二人選。

約莫五分鐘後，羅亞一行人在導師辦公室找到了正幸福地吃著甜食的奧古斯導師。發現眼前突然冒出一群學生，導師連忙擦去嘴角殘留的食物屑，擺出一本正經的模樣。

「有什麼事嗎？死魚眼同學和小伙伴們。」

「我叫羅亞，你是腦袋有什麼——」對方亂取的綽號馬上引起魔王的不滿，但身旁的人可沒給他把話說完的機會——畢竟對方不但是導師，他們現在還有求於人呢。

夏洛特一把捂住羅亞的嘴，白織同時提高聲音開口：「奧古斯導師，我們來是有事想請教你！」

「請說，眼鏡同學。」

……白織還寧願他喊的是四眼田雞。

「導師，請看這個……」蒔鬼畢恭畢敬地遞出一張紙。鬼族少年還有項不為人知的技能，就是能夠把見過的事物完完整整地以炭筆臨摹下來，令觀者有身臨其境的錯覺。

「這個是！」奧古斯導師詫異地揚起眉，震驚全寫在臉上，「好棒的一幅畫啊！鬼同學，要是你將來考不上勇者證照的話，還可以考慮擺個地攤賣畫，一定會大受歡迎的。」

「導師，多謝你的建議……」蒔鬼將頭垂得低低的，害羞地手足無措。

「幹嘛感謝他啊？我們阿蒔將來一定會考上勇者證照的，我齊格敢掛保證！」齊格不滿地在旁碎碎念。

「我們不是要你評論畫有多好，而是想讓你看看這上面的足跡可能是出自哪一種魔獸。」魔王的神情頗為不滿，他開始覺得自己這項提議根本錯了，因為這人一直在浪費他們的時間。

奧古斯導師露出恍然大悟的表情，開始以專業的角度觀看，認真思索了一番。

「只有足跡不夠，還必須有毛髮或氣味輔助才能論斷是哪種魔獸。你們看，這個足跡只有兩個，然後就斷了，你們知道是為什麼嗎？」

「不知道。」四人老實地搖搖頭。

「這表示這種魔獸有飛行的本事。你們知道光是在魔獸圖鑑上記載的大型飛行魔獸就少說有數十種嗎？而且這還不包含未知獸種。」

「但是這種魔獸出沒在學院裡，就表示牠有可能是來自學院內部。」夏洛特冷靜地分析。

「那是不可能的。學院裡基本上不存在大型的飛行魔獸，豢養在這裡的都是普通體型的溫馴魔獸。」奧古斯導師反駁道，「這也是為了學生著想，因為大型魔獸通常容易失控，情緒也比較不穩定。」

除了答應有想到什麼資料會再告訴他們之外，四人沒有在奧古斯導師這邊得到什麼有利的情報。他們告別了導師，在回學生宿舍的途中，魔王忽然想起一件事。

「那個獸人皇女呢？怎麼沒看到她？」

「你說菲菲啊，她去做陷阱了，說是要活捉凶手。」回答的人是白織，他這時還不覺得有什麼不對勁，直到察覺到其他人難看的臉色，才意識到事情大條了。

「你說什麼?!」另外三人外加一隻布偶同時大喊。

「這邊要這樣，然後那邊是那樣，最後再加上這個，就大功告成了！」菲莉蕬在儲藏室的周圍都布下了精密的陷阱。

這是他們獸人族的拿手絕活，她謹記哥哥所教過的技巧，按部就班補置，成果比想像中的還要好。

「本皇女果然是天才，這一點小事可是難不倒我的，哼哼。」

「菲菲，我們來了——」白織大老遠就看見女孩辛勤工作的身影，忍不住想替對方加油打氣。

「喔，是你們啊。」菲莉蕬也很高興看見朋友的到來，想要展示一下她努力了一個下午的精心成果。

「小心。」魔王發現腳邊的機關，及時伸手擋住身旁的夏洛特。

走在最後的蒔鬼不清楚發生了什麼，但跟著緊急停步。可惜白織已經一腳踩中機關，隱匿的繩子立即圈住眼鏡少年的腳踝，迅速將他頭下腳上地吊在三公尺高的半空中。

「羅亞，你明明知道有陷阱，為什麼不提醒我！」

「我以為你知道。」魔王聳了聳肩。

菲莉蘇跑了過來，卻不急著解開白織腳上的繩子，而是一臉興奮地向其他人說：「看吧，我做的陷阱果然有效，第一次有這樣的成果已經很了不起了！」

「妳是第一次？」魔王沒注意到自己的問法似乎有些問題。

「畢竟設下陷阱獵捕大型魔獸向來是雄性獸人的責任，我也沒什麼機會可以嘗試。不過現在看來，或許能用陷阱抓到凶手呢！」

魔王倒是很懷疑僅憑這樣的小伎倆，困不困得住能夠在空中來去自如的大型魔獸。

菲莉蕬似乎看出他們的懷疑，露出得意的神情保證道：「別擔心，這只是前菜而已，還有更精采的部份。你們跟我來吧。」說完便頭也不回地走向儲藏室，顯然完全遺忘應該要先替眼鏡少年解圍。

「喂，你們是不是忘記了什麼重要的伙伴啊！」任憑白織可憐兮兮地發出微弱的呼救聲，其他人已經隨著菲莉蕬的腳步深入儲藏室。

白織的臉色因腦充血而逐漸漲紅，兩隻腳在半空微微擺盪，在失去意識之前，眼角餘光捕捉到下方的人影。

原來是蒔鬼。

蒔鬼鄭重其事地雙掌合十，像是在虔誠祈禱一般，神情莊重肅穆。

「我還沒死好嗎……」白織頓時欲哭無淚。

然而，蒔鬼卻在睜眼的第一時間看向手中的布偶，尋求對方的同意。

「齊格，可以嗎？」

布偶只是點了點頭，算是給予答覆。

緊接著令白織詫異的事發生了，蒔鬼竟然主動將齊格拔了下來。被脫下的布偶毫無生氣地軟塌下去，同時蒔鬼忽然變得有些怪異，體型也一下拉拔了不少，在轉瞬間便成了面目猙獰的慘白惡鬼。

白織沒見過這樣的蒔鬼，嚇得四肢僵硬動彈不得。只見化身成惡鬼的蒔鬼輕而易舉地將白織腳上的繩縛陷阱解開，動作意外細心地把眼鏡少年放回地面。

完事後，惡鬼重新將齊格戴回手上，又回復成害羞內向的少年。

但是白織卻發出一聲尖銳的慘叫聲，隨即昏死過去。他還沒有見過惡鬼化的蒔鬼，一時無法消化衝擊也是人之常情。

「真是沒用的傢伙。」齊格見狀，發出嫌棄的聲音。

菲莉蕬帶著羅亞和夏洛特走向肉類的存放區，原本空蕩蕩的地方卻在中央擺上了一塊美味可口的新鮮腿肉。有好幾次，女孩幾乎把持不住自己的欲望，想衝上前把肉塞進胃裡，但她還是克制住了，視線盡量避開那會使人犯罪的誘惑。

「不是說沒有肉了嗎？」夏洛特有些好奇。

「陷阱一定要擺上誘餌，所以這是本皇女的哥哥託人走海路送來的，是相當昂貴的特級肉品，連人家也想吃一口。嗚嗚，真羨慕那個該死的小偷！」菲莉蕬不甘心地抱怨，不過重點似乎擺錯地方了。

——那就不要擺那麼貴的肉啊。魔王無語地心想。

「這些粉末是什麼？」羅亞走近細瞧，才發現肉品周圍撒滿了薄薄的一層粉末，天花板頂上還懸吊著長滿凸刺的牢籠，看來也是菲莉蕬精心布置的陷阱一環。

「這些只是普通的鹽。」菲莉蕬也不賣關子，如實回答，「鹽裡面含有碘，這種物質可以讓某些特定的魔獸感到痛苦難耐，尤其是飛行魔獸。因為此類魔獸身上通常都覆蓋鱗片或羽毛，皮膚極其敏感，一但碰到這些鹽巴就會感覺到刺痛，嚴重的甚至還會產生麻痺感，到時候就可以抓到真正的凶手了！」

「妳怎麼知道凶手肯定是飛行魔獸？」夏洛特記得，在請教奧古斯導師的時候女孩並不在場，對方忙著來布置她口中的陷阱了。

「我找到了這個。」菲莉蕬從口袋拿出一塊巴掌大的褐色塊狀物，從外觀上來看，似乎某種生物的鱗片。「這是在腳印附近找到的，一定來自凶手身上的某個部分。」

「這個鱗片……」魔王忽然伸手接過鱗片，沉默下來。總覺得似乎有種似曾相識的感覺，是什麼呢？

「但是，小偷不一定會再來光顧啊，再笨的竊賊也不會在同個地方偷上兩次吧？」夏洛特直接點出問題所在。

「這個嘛……」菲莉蕬確實沒想到這一點，只顧一頭熱地投入大量心力製作陷阱，卻從來沒考慮到最根本的問題——要是小偷不來呢？

「不，我相信對方會來的，就算不來，本皇女也要等到小偷上門為止！」

接下來的三天完全沒在課堂上見到菲莉蘇的身影，獸人族皇女非常光明正大地翹了所有的課，不惜公然挑釁所有導師的權威。

然而，她用的卻是非常正當的理由，任憑誰勸說都絲毫不退讓，堅持要在案發現場守株待兔，堅持竊賊一定會再度犯案。

至於學生餐廳，因為大量的肉類被竊走，所以這幾天無法供應含有肉類的料理，改提供其他更加美味的異國料理，希望能減少學生的抱怨。只要等到供應商來補貨，學生又可以吃到美味的肉類料理了。

但怪異的事又發生了，這次是校內的有機農場遭到襲擊，土壤裡的葉菜類植物都被連根拔起。莫非這個小偷不只專挑肉也吃菜，其實是雜食性生物？

這倒是讓魔王確信了一件事，這個不請自來的竊賊潛藏在學院裡伺機而動，等待下一次盜取的機會。

當下課鐘響終於響起，總算結束今日課程的幾個人馬上跑去找仍在頭一回的事發現場埋伏的獸人皇女。

食材倉庫周圍沒有半個人，他們環顧四周，才終於在不遠處找到了菲莉蘇。似乎有什麼地方不太對勁，總是活力十足的少女吃力地靠在樹幹上，臉色有些難看，目光渙散。

「菲菲，妳的氣色很不好耶。」白織擔憂地眉頭深鎖。

「……我已經連續三天沒吃肉了。」菲莉蘇氣若游絲地回應。

「才三天沒吃肉就會變成這副德性，那你們獸人族改吃素的話，不就整個滅族了。」魔王嗤笑一聲，乍聽像是在說風涼話，卻掩飾不住眼中的憂慮。

「不如妳先跟我們回去吧，只要好好解釋清楚的話，導師肯定會諒解的。運氣好的話，說不定會讓我們請假離開學院，到了鎮上妳就不怕沒肉可吃了。」

夏洛特的提議讓人很心動，但問題不只是吃不吃得到肉，還關係到獸人一族的驕傲。更何況她答應過料理長了，食言而肥可不是她的作風，所以……

「不行，我一定要抓到小偷！答應人家的事就一定要完成，哪怕粉身碎骨也在所不惜，這是哥哥說的。」菲莉蕬的語氣異常堅持。

「有這樣的哥哥不如趁早把他扔了吧。」魔王嫌棄道。

「哥哥對我很好，雖然有時候傻傻的，但只要是哥哥說的就絕對不會有錯！」菲莉蕬紅著眼眶，卻不是因為委屈，而是出於想保護家人的那份心情。

自覺說錯話，魔王識趣地閉上嘴。其實在脫口而出的瞬間他就有些後悔了。

「那菲菲打算怎麼辦？有機菜園也遭到襲擊了，小偷的目標可能遍布整個校園，以妳現在的身體狀況根本無法應付，太危險了。」在內心逐漸擴大的焦慮感促使下，白織努力勸說心意已決的少女

「不用擔心，不是說了，必要的時候我會開外掛的！」菲莉蕬蒼白的臉上浮現有些勉強的微笑。

「倔強可不是什麼好事，」齊格也沉不住氣了，「大家是出於關心才會說這些話的，女孩，妳知道自己在做什麼蠢事嗎？」

「齊、齊格……」齊格的一番言論又讓蒔鬼嚇出一身冷汗。

「我知道，我一直都知道，但我一開始就說過了，」菲莉蕬自信地揚頭，臉上盛放燦爛的笑意。「本皇女可不是吃素的！」

怠惰な魔王の
転職条件

第六章

滿月過後，少女行跡不明！

How to Change Career
from Demon King to Hero

偷肉竊賊的事件尚未告一段落，菲莉蘇依然在老地方蹲點等候小偷上鉤，而學生餐廳的出餐速度顯然被打亂了，只能拿存糧應急。導師那邊還在商討對策，畢竟在不瞭解對方來歷的情況下，處理方式攸關全體師生的安全，必須慎重討論，整個學院因而陷入了不安的氛圍。

上午原本是米諾導師的課，但為了追查學院裡的不速之客，他最近都在四處奔波打探消息，所以接連幾堂課都改成了自修。然而，即使是最優秀的勇者培訓學院，在放牛吃草後，也沒有學生會自律鑽研課本上的知識。

各種不該在課堂上出現的私人活動紛紛出籠，聒噪一點的人跟三五好友打屁聊天，懶散的人選擇補眠，貪吃的人則在教室裡公然舉辦小型烤肉宴，看來竊賊的事情對學生的劣根性並沒有多大的影響。

魔王懶洋洋地一手撐著臉頰，微微側過頭，目光看似毫無聚焦，實際上卻牢牢鎖定了獵物——鄰近幾桌外正在跟同伴開心交談的巴奈特。

白織轉頭過來，本來想找某人搭幾句話，卻發現對方的舉動十分反常。「羅亞，你在看什麼啊？」

「那個叫巴奈特的，」魔王這才收回視線，緩緩地開口，「你對他有印象嗎？」

「與其說是有印象，不如說一直都知道他的存在吧，我們好歹也同班了半個學期。羅亞為什麼要問這個？」

「因為我對這傢伙毫無印象，他是從什麼時候出現的？」不知為何，魔王有些在意巴奈特這個人。

明明對方看起來是如此的……人畜無害。

「嗯……該怎麼說呢，你這樣忽然問我，我一時也很難回答啊。」

白織皺起眉頭，忽然間像是想到了什麼，連忙跑去牆角的置物架上拿了一本東西回來。「給你，這裡面或許有你要的答案。」

「這個是……」魔王臉色一沉。

這本書是每班都會有一本的活動集錦，詳細記錄著班上同學的共同回憶，上頭的照片清楚地捕捉到班上的每個同學，附註的說明簡單交代了時間地點和活動內容。

這種侵犯肖像權的偷拍行為到底是從什麼時候開始的，為什麼他都沒有發現？勇者教育機構怎麼可以帶頭犯罪！

「嗯？羅亞，你不想看嗎？」

這種東西他怎麼可能翻得下去啊。「你替我看吧。」

「那好吧……找到了，在這邊！」白織一眼就找到了相關的照片，攤開那一頁往魔王的手中一送，「你看，這是我們上次上烏維導師的課那時的側拍，還有在找元素石的時候也有在森林裡照到他喔。」

映入眼簾的兩張照片確實就像白織敘述的那樣，第一張是白織被凶暴動植物多多攻擊的一瞬間，斜後方有張驚訝的臉入鏡，那是巴奈特；第二張是魔王跟白織圍著蒔鬼，在森林裡占卜正確路徑的畫面，這片一角也能看到一抹瘦削的人影，那是名面目清秀的少年，微微側頭關注著遠方的動靜——答案揭曉，依然是巴奈特。

他不會是在監視他們吧？因為腦中忽然萌生的奇異想法，魔王不動聲色地提高了戒備，危險地微微瞇眼。

「怎麼了，羅亞的臉色有點凝重耶？」察覺到他的異狀，白織抬手想拍拍對方，還沒碰到肩膀，手就被人以迅雷不及掩耳的速度反折壓制。

「痛、痛、痛！」

「不好意思，反射動作。」魔王的表情沒有絲毫歉意。

「你這種道歉方式怎麼讓人有點火大啊……」白織收回手揉了揉，一臉的哀怨。

「我在思考一件事情。」魔王緩緩開口。

「真難得，你還會思考事情，不是通常——」白織還想吐槽，卻被對方的一記凌厲眼刀嚇得正襟危坐，態度有了一百八十度的轉變，「然後呢，你想說什麼，我都有在聽。」

「我是想問你，關於巴奈特這個人的事。」

「巴奈特啊？」白織偏頭想了片刻，「他跟我們一樣都是普通的學生啊，沒什麼顯赫的背景，交友關係也單純，是很普通的一個人。」

「你們在談論巴奈特同學嗎？」默默聽著兩人對話的蒔鬼突然插話。

「你認識他？」

「巴奈特是大家的好朋友！」

蒔鬼說話的語氣彷彿巴奈特是什麼人見人愛的小天使，魔王壓下翻白眼的衝動。

「……怎麼說？」

「有一次，齊格跟我遇到欺負人的壞同學，他們故意從我手中搶走齊格，但他們沒預料到沒有齊格的我會鬼化。那些人見到我可怕的模樣後都被嚇跑了，就在我的情緒快要潰堤的時候，巴奈特出現了，他撿起地上的齊格還給我，還柔聲安撫了我。在那瞬間，我的心像是被治癒了。所以他是個好人，這點絕對不會有錯！」蒔鬼難得說了那麼多話，重心還只圍繞在一個人身上。

「你對好的定義可真廣泛。」魔王不以為然地說。

「小子，你想說什麼？」齊格接口了。

「或許你會因為這點小事而感激對方，但搞不好對方壓根沒放在心上。因為在他的認知裡，這事跟好扯不上半點關係，不過是自我感覺良好的順手之舉罷了，充其量不過是偽善。」羅亞冷冷說道。

「小子，你的人生到底是有多負面。」齊格實在是難以認同，頻頻搖頭。

「羅亞，在背後說人壞話是不好的行為……」蒔鬼弱弱地提醒。

怎麼壞人這個角色比較像是他啊……魔王猛然一驚，嘴角僵硬地一抽，「我是就事論事。」

「這麼說起來，我好像也曾受到過巴奈特的幫助。」蒔鬼的敘述讓白織想起了另一段回憶。

「你也有？」魔王緊了緊眉頭，眼神略帶嫌棄，「如果是像剛才那個什麼英雄救鬼的故事就不用提了。」

「才、才不是！好好聽我說！」

魔王閉上嘴，抬抬手示意他可以繼續了，於是白織接著說下去：「還記得我被多多咬傷，被夏洛特包成木乃伊那件事嗎？」

「嗯？你們為什麼談到我，是有什麼好事嗎？」有道熟悉的嗓音突兀地插話。

「夏洛特，你怎麼在這裡？」白織驚訝地回過頭，看著不知何時出現在他們身後，一臉笑咪咪的金髮少年。

「因為偷肉竊賊的事件尚未解決，導師們都很忙碌，特A班的課表也被改為自修，所以我就想來看看你們，當然最主要是來看你啦！」說著，夏洛特朝某人眨了眨眼。

「為什麼看著我？」羅亞的反應慢了一拍。

「你說呢？」夏洛特臉上的笑意更盛，燦爛得像顆自體發光的小太陽。

魔王的眼皮跳了跳，飛快地轉開視線。

「別管我了，故事還沒說完吧？請繼續。」夏洛特見狀露齒一笑，好心地把話題拉了回來。

「因為頭被繃帶綑綁成了木乃伊，走起路來很不方便，結果就不小心踢到了什麼。就在我即將面朝下摔得狗吃屎的時候，忽然有雙溫暖的手臂攬住我的腰，幫我站穩腳步。」白織表情夢幻地回憶著，「然後那雙手就牽著我到一旁坐下，重新替我包紮傷口。沒錯，那個好心的同學就是巴奈特，是像位王子一般的存在啊。」事後回想起來，還有些不好意思呢。

沒想到那個叫巴奈特的傢伙，比自己想像的占據更多的鏡頭啊。魔王頗不是滋味地咋舌。尤其是白織那段讓人不適的回憶，王子的形容也是多餘的。

「嘖，真討厭。」

「羅亞，不能因為人家比你更加光彩奪目就說人討厭啊。」

「不，我說的是你。」

「咦？我、我做錯什麼了？」白織頓時驚慌失措。

「你應該照照鏡子，當你在說這一段沒人想知道的經歷時，那張臉有多麼的討厭。」這是真的。

「什麼嘛……」頓了頓，白織一臉恍然大悟，「啊，你該不會是在吃醋吧？」

「才沒有！」羅亞跟夏洛特幾乎同時反駁。

「……就算有默契也不是這樣用的好嗎。」白織一愣，隨後忍不住抱怨，「我只是開玩笑的啦。」雖然這說，但不知道為什麼，眼鏡少年老是覺得自己像個介入別人感情的第三者。

「不過，你們說的是巴奈特同學嗎？」夏洛特再次適時轉移話題。

「看，他就在那邊，夏洛特也認識巴奈特嗎？」

白織指向偌大教室的對面，正在跟同伴談笑風生的俊秀少年。夏洛特眸光沉靜地凝視片刻，似乎在想什麼，而後才將視線轉回來。

「不，我並不認識你們口中的巴奈特同學。」

「是喔？看你剛才看那麼久，還以為你們認識呢。」

「可能是對方長著一張大眾臉，才讓我誤會了吧，別在意。」夏洛特輕笑著擺擺手，隨後熱情地投入新的話題。

羅亞根本沒在聽他們都在聊些什麼，目光依舊緊緊追著巴奈特的身影，似乎想從對方身上扒下什麼祕密。無預警地，兩人的目光在半空交會，巴奈特友好地彎起嘴角，舉手投足散發出好學生的溫和氣質。

魔王還是不信任這個人。

今日的課程終於結束了，羅亞甩開眾人，不留痕跡地尾隨在某位綠眼少年身後。

他也說不清楚是為什麼，但自從對方在獸欄裡跟他搭話的那一刻起，他便下定決心要好好留意這個人。

那個少年給他一種違和感。在這個充滿光明屬性的勇者教育機構中，除了他自己和瑟那，每個人——就連白織也是——的身上多少都能感應到某種勇者的氣息。但巴奈特身上似乎什麼都沒有，不是光明，也不是黑暗，而是讓人一無所知的灰。

這就是他現在會像個痴漢一樣偷偷摸摸尾隨對方的原因。雖然魔王本人是個不折不扣的路痴，但所謂的跟蹤就是跟著對方的行跡走，這樣就不會出現迷路的危機了。

至於在那之後能不能找到原路折返……算了，到時候再說吧。

巴奈特一整個下午都在圖書館的書櫃間流連，沒有課的時候他似乎常常踏足這裡。

圖書館管理員和他很熟的樣子，不僅主動搭話，還推薦目前館內出借率最高的書籍給他。不過，巴奈特似乎只對專業領域的書籍有興趣，挑了一本就找了個空位開始消磨時光。

魔王被迫困在圖書館裡，無聊地坐在書櫃之間的地板上，偶爾瞥去幾眼，發現情況不變後又失望地收回視線。

就在羅亞懷疑著人生，目光即將渙散之際，眼角餘光瞄到了一本讓他瞬間滿血復活的刊物。

是漫畫！天啊，他有多久沒有摸到這種精神糧食了？羅亞感動地抽出一本，埋首就讀了起來。

時間飛快溜走，現在入定的人換成魔王了。若是瑟那卿在場，絕對會批手把書奪走，再燒了整排書架。

忽然碰一聲巨響，魔王嚇得從美好的二次元摔回現實。他愣了一下，迅速將書歸位，連忙爬起來檢查監視的目標還在不在——果然不在位置上了。

羅亞慌亂地四下環顧，尋找對方的身影，幸好巴奈特就在不遠處跟某人說話。

瞧那情況，似乎是擦肩而過的時候對方不小心掉了書，而巴奈特好心地撿起來還給對方。

不過是很一般的畫面，但如果參與者是熟識的人，畫風就不太對勁了。

「夏洛特在這裡幹嘛？」羅亞狐疑地看著兩人相談甚歡的模樣，想要靠近點偷聽，又怕曝露自己的行蹤，始終不敢從躲藏的地方出來。

然後，那一頭的交談似乎畫下了句點，巴奈特揮了揮手，轉身離開了圖書館。魔王見狀想追，無奈夏洛特剛好就在門口附近的書架徘徊。

跟監計畫被迫中止，魔王邁步上前，一把拉住金髮少年，強行將人壓在一側的牆上。

「這，難道就是傳說中的壁咚嗎？哈哈哈。」夏洛特看起來卻異常開心，絲毫不覺得自己受到了什麼侵犯。

「說，你剛剛在跟巴奈特說什麼？」魔王冷聲質問，態度強硬。

「你為什麼想知道？」夏洛特一派輕鬆地反問。

「我……」魔王猶豫了，緩緩收回手。總不可能直接說實話吧。

「難道是懷疑我跟巴奈特之間有著什麼不可告人的關係？放心，就像我之前說的，我不認識他，對方也只是幫我把書撿起來而已。」

「真的只是這樣嗎？」魔王顯然不怎麼相信，卻又說不出是哪裡怪怪的。

「不然你以為是怎樣？」夏洛特笑著反問。

「那你們為什麼看上去很開心的樣子？」

「真要說的話，」夏洛特作勢思考，「應該是我那好相處的性格吧！」隨後又是那小太陽般的笑臉。

「……算了。」

魔王忽然備感無力，嘆了口氣。在所有人當中，他就是拿這個金髮少年沒辦法。

幾天的觀察下來，魔王發現他們班的巴奈特真的是位品行兼優的好學生，就連走在廊道上也能替好幾位學生解困、養成順手撿起垃圾的好習慣、替導師們歸位檔案、主動修理壞掉的門等等。

不只如此，即便遇上不好的事也總能微笑以對，彷彿世界上絲毫不存在能讓他皺起眉頭的事。羅亞從沒遇過這樣的人，就像蒔鬼先前說的，巴奈特是大家的好朋友。

只可惜，魔王從不相信這種說法。

有件事很奇怪，平常在班上看到巴奈特時，他與周圍的人並沒有什麼熱絡互動。但在魔王尾隨他時，總能出現大大小小不同的事件，簡直像特意安排的橋段……

莫非，對方只是在演戲給他看？

思及此，待在宿舍房間準備就寢的魔王有了不一樣的想法。他微微蹙眉，決定去親眼證實一下。

基本上，同年級的男生都會被安排在同一棟宿舍，所以巴奈特的房間應該也在附近才對。

說走就走，魔王溜出房間。學生宿舍沒有管理員，更沒有晚點名，但這裡畢竟是學院，還是有所謂的門禁。一旦被抓到超過晚間十點還在外遊蕩的話，一律記警告一支。

房間外的走廊靜悄悄的，現在是晚上十點半，大多數的學生早就陷入夢鄉。

巴奈特應該也早早上床睡覺了吧，或許等到白天再找機會偷偷溜進對方的房裡會比較好。說不定他能碰巧找到什麼蛛絲馬跡，證明自己的直覺是正確的，這傢伙絕對……

下方的樓層忽然響起規律的腳步聲，雖然微弱，但在靜謐的空間裡足以引注意。

魔王在樓梯口，探身查看，只瞄到有個人安靜地步下樓梯，似乎要出去的樣子。已經過了門禁時間，現在還往外跑絕對有鬼。

而且那人的背影，像極了巴奈特。

魔王立刻輕手輕腳下了樓梯，巴奈特剛好在這時推開宿舍大門走到涼爽的戶外去。羅亞怕跟丟人，趕緊尾隨在後。

時間這麼晚了，莫非他是要跟什麼人密會？

魔王悄無聲息地走在後頭，中間隔了一段不小的距離。然而，巴奈特似乎意識到自己被跟蹤了，忽然加快腳步迅速繞過幾個轉角，然後在一處茂盛的灌木叢旁停下，機警地左右張望，最後消失在一棵不知名的大樹後。

羅亞見狀，正猶豫著要不要繼續追上去。這時，有人拍了拍他的肩膀，魔王嚇了一跳，差點像隻受驚的兔子般彈跳起來。

「為什麼看到我像看到鬼？」對方忍不住笑了，「鬼有我這麼好看嗎？」

「夏洛特，你怎麼在這裡？」

「這話難道不是我該問你的嗎？」夏洛特刻意傾身，研究羅亞那張面癱臉上的細微變化。「你知道，超過門禁時間是禁止私自外出的喔，輕則警告，嚴重者還可能會被退學。」

「退學……」魔王緊張起來，但很快就恢復冷靜。都木已成舟了，他也不怕，更重要的是，或許還有人陪著他一起受罰。

「那你呢，你會出現在這邊，不就代表也私自外出嗎？」

「那不一樣，我是有原因的。」夏洛特理直氣壯的反應出人意料。

「什麼？」魔王輕皺眉頭。

「我是偷偷跟在你後面出來的。」

「那有什麼不一樣？」

「當然不一樣，你是出於個人原因私自外出，我則是為了你。所以，你要不要告訴我你為什麼要挑這時候外出？有什麼特別的原因嗎？」

「……我睡不著，看到今晚的月色很美，所以出來吹吹風透透氣，沒什麼大不了的。」

「冒著被記警告的風險，這可真奇怪。」

可惡，夏洛特是從什麼時候開始變得越來越精明了？

「有什麼好奇怪的？」魔王硬著頭皮說。

「因為今晚明明就沒有月亮啊。」夏洛特抬頭看了眼夜幕。

這時候的夜空特別冷清，只有幾顆星子點綴，就是沒有主角的身影。

「我還有事，別煩我就對了。」自知說不過夏洛特，魔王乾脆地放棄。他還有事要辦，恕不奉陪。

羅亞轉身準備閃人，卻在那瞬間撞到了一個人。

他的背後何時站了一個人的？羅亞錯愕地看著眼前的人，竟然是巴奈特。

「夜安，為什麼這麼晚了你們還在外遊蕩呢？若是被導師知道的話可就有苦頭吃了。」巴奈特忍不住苦笑，嗓音中卻有種從容不迫。

「這是貓咪嗎？」夏洛特眼尖的認出在巴奈特懷中蠕動的小生物，

「所以，這就是你在夜晚外出的理由？」

「是的，」事已至此，巴奈特也只能承認，「因為我們白天都需要上課，所以我只能趁著晚上來餵養小貓咪，這件事還希望你們能夠幫我保密。」

「不過是小貓咪，有什麼好隱瞞的。」魔王頓時失了興趣。

原來巴奈特的祕密就是這個，他剛剛的跟監行動不過是在浪費時間，這讓他鬱悶到了極點。

「因為班導師不喜歡流浪動物，所以這件事解釋起來會很麻煩，總之就拜託你們了！」巴奈特真誠地拜託道。

「你是說米諾？」魔王很難相信那個矮子導師會討厭小動物，他本人就跟小狐狸沒兩樣——雖然米諾堅稱自己是沉睡的獅子。

「班導對貓毛過敏。」

好吧，真是人不可貌相。

「既然是這樣，我們就不打擾你照顧小貓咪了。放心，我們會保密的，對吧？」語畢，夏洛特識趣地推著魔王朝著宿舍的方向前進。

「我可什麼都沒說……好啦好啦，我知道了啦，不要推我。」

終於遠離了巴奈特的視線範圍，夏洛特共犯般地對他眨眨眼。

可惜，走在身旁的魔王什麼都沒感受到。「幹嘛，你的眼睛出了什麼毛病？」

「唉，」夏洛特無奈地嘆了一口氣，「你難道看不出來我是在幫你嗎？」

「什麼時候的事？」魔王一臉無辜，他是真的沒發現。

「我知道，你是在觀察巴奈特這個人，覺得他不牢靠對吧？就連之前在圖書館那次也是。」夏洛特只好細細解釋。

連這都被對方看出來了，魔王不禁懷疑自己有什麼事是金髮少年不知道的。

「……我比較好奇的是為什麼每次都能碰到你。」

夏洛特恍若未聞地繼續說：「但剛才那情況你也看到了，巴奈特應該不是你想像的那種壞人，可能只是你多心了。」

「這可難說，壞人又不會在臉上標註自己有多壞。」

「那你覺得，我是壞人嗎？」

「我拒絕回答任何假設性的問題。」

「那我換個問題問好了。羅亞，你覺得自己是壞人嗎？」

「……不知道，或許在某些人的心目中，我就是個混蛋。」

「咦？羅亞做了什麼值得讓人討厭的事情嗎？」夏洛特一臉吃驚。

「曠職。」

窩居在魔王城幾百年，每天睜開眼睛的第一件事就是要廢到底，從不過問城裡的大小事務。到最後，所有人都棄他這個不學無術的魔王而去。

或許，他真的比自己認定的更不適任……

帶著這種沉重的思緒，羅亞默默任由夏洛特領著他回溜宿舍，沒有再理會金髮少年的沒話找話。

今天是滿月會出現的日子，即便偷肉竊賊的事仍壓在大多數學生的心中，大家還是趁著門禁之前，好友三五成團地賞月夜。

才入夜不久，湖泊周圍的草皮上就坐滿了雀躍的學生，不少人索性在戶外野餐。迎面拂來涼爽的夜風，彷彿能洗淨白日的煩心事。

羅亞本來不想出去的，但被白織他們死活從宿舍房間拖到戶外，說是要舉辦難得的野餐宴。白織手上掛著裝滿食物的野餐籃，夏洛特和蒔鬼的懷中也各自拿著飲料和點心，但魔王實在提不起興緻。

本來嘛，沒事可做的時候還是宅在房間裡耍廢最舒適了。

「我都不知道你們對野餐那麼有興趣。」魔王略微無言地看著眼前興奮的三人，又不是小學生。

「那麼漂亮的滿月不欣賞太可惜了！我們好像還沒聚在一起野餐過，雖然你可能覺得沒什麼，但往後一定會成為美好的回憶！」看來白織就是這次野餐的發起人。

「是啊，白織說得沒錯，雖然我跟羅亞已經有很多很棒的美好回憶了，但我不介意再增加喔。」夏洛特笑著接口。

「但是，」魔王挑起眉，「還差一個人才算全員到齊不是嗎？」羅亞嘴上不提，但心裡還是惦記著那個為肉發狂的獸人少女。

「我們也有準備菲菲的份……」蒔鬼神祕兮兮地掀開餐巾的一角，被布掩蓋的野餐籃內是幾隻肉汁鮮美可口的雞腿。

「肉？不是說學院裡已經沒有肉類存糧了？」

「所以我們跑去找米諾導師商量，他才幫我們從鎮上偷渡進來的。其實班導也希望菲菲能回來上課。」白織說道。

「米諾？他會同意幫忙？」

「羅亞，你對米諾導師是不是有什麼偏見？」

「……才沒有。」

「還說沒有，都沉默了！」白織照慣例吐槽，「別看米諾導師平常總像隻炸毛的貓咪，他其實很關心我們學生的，還偷偷把菲菲的曠課給改掉。所以說，羅亞你不要再誤會米諾導師了。」

「我什麼都沒說，看來你不只視力有問題，聽力的問題也逐漸影響你的腦袋了。」說是這樣說，但魔王沒有懷疑白織說的話。

雖然他對那個矮子沒什麼好感，但基本上這裡的人都壞不到哪去。在這所培訓勇者的教育機構中，大概只有他才是最有資格擔綱反派的角色吧。

「時間已經比預計的晚十分鐘了。」夏洛特趕緊跳出來打圓場，催促他們趕緊動身，要不然只能等著欣賞破曉時的日出了。「別再耽擱時間，我們快走吧！」

他們很快便抵達菲莉蕬設陷阱的地點，小心翼翼地循著安全的途徑前進。白織抱著野餐籃，踮起腳尖，走得戒慎恐懼。

然而，眼見大伙輕鬆地走到了前頭，自己落後了不少，眼鏡少年一緊張，左腳就絆倒了一個疑似是機關的裝置。

「啊！！！」白織拉開嗓門尖叫，彷彿下一刻就要被萬箭穿心了，結果什麼事情都沒有發生。

「怎麼了？需要幫忙嗎！」夏洛特趕緊跑回來察看。

「什麼、都沒有？」似乎就連白織自己也感到迷惑，「我明明踩到機關了啊……」

「看樣子，」夏洛特蹲下來檢視地面上的機關，似乎有什麼不對勁，「機關早在之前就被啟動過了。」

「嗯？」白織和夏洛特對視幾秒，然後終於意識到了什麼，連忙向其他人示警：「有狀況發生了！」

前方的魔王和蒔鬼迅速轉身，趕往儲藏室一看。現場一片狼藉，足跡凌亂，不但機關被啟動過，作為誘餌的肉塊也不翼而飛了。

不僅如此，四處都不見女孩的身影。

「怎麼會……」白織瞪大雙目，似乎不願接受眼前的情況，「菲菲她、肯定是躲起來了。」

「我四處都沒有看到菲莉蕬的身影！」夏洛特機警地先在四周環境地毯式搜索，有些機關被啟動，有些則是未啟動的狀態，偏偏就是沒見著女孩的身影。

「菲菲她那麼年輕就離我們而去了……」蒔鬼開始啜泣，使勁拿手上的布偶擦眼淚。

「阿蒔，你別那麼快就下定論，」齊格粗魯地推開蒔鬼滿是淚痕的臉，布偶臉都變得皺巴巴的了，「那女孩不會有事的。」

「可是……」

「那個破布偶說得沒錯。」前方忽然傳來魔王的聲音。

「臭小子！你說誰是破布偶啊！」齊格立即高聲抗議。

「偷肉事件是大型魔獸所為，可是你們看，」魔王絲毫不受影響，繼續說道，「這裡有大型魔獸的足跡嗎？」

眾人立即低頭看向地面，雖然在鹽巴附近的足跡雜亂，但沒有一個符合大型魔獸的腳印，有一些甚至可能是女孩自己的。

「這裡有菲莉絲的腳印，」魔王一臉平靜地指出，跟隨那些混雜在一起的腳印前進，「還有其他的，像是動物的腳掌，而且還是四足動物的。」

「羅亞，你的意思是……」白織只想親耳從對方的口中證實女孩仍安然無恙。

「這裡或許只是被某種野生動物闖入搗亂，菲莉絲可能沒事，但有件事卻是千真萬確的。」

「嗯？」

「再不找到菲莉絲的話，她可能真的就有危險了。」

菲莉蓀下落不明的事很快就驚動了全體師生，眾導師為此破例解除宵禁時間，領著學生在學院各處尋找可能遇上危險的女孩。雖然賞月活動被迫取消，但無人抱怨，大家都真心想出一份心力。

白織跟蒔鬼兩人往南一路找過去，畢竟學院占地寬廣，又含蓋各種地形，所以他們決定分頭行動。夏洛特往西方，魔王則是獨自走向北方，不過大家似乎都忘記了比菲莉蓀失蹤還要更加迫切的事——

羅亞是個不折不扣的路痴。

魔王沿著樹林外圍的石徑走去，在斑駁的樹影間似乎隱約有幾個人正朝著這裡緩步走來。他瞇眼凝視半晌，對方顯然也注意到動靜看了過來，然後雙方陷入無語的尷尬，空氣彷彿凝固了。

「欸，我說你們——」最後，是由魔王打破了沉默。

「你、你要幹嘛？我可是什麼都沒做啊！」為首的妖精少年趕緊出言替自己維護清白。沒錯，來者就是那群高年級的特A生，上回不過是想給那個金髮少年一個下馬威，不料卻弄巧成拙，硬是變成了霸凌現場。

「什麼都沒做？」魔王冷聲複述一遍，「夏洛特身上的新傷我都還沒找你們算帳！」

「什麼傷？」妖精少年怔了怔，滿是困惑，「我們已經被導師口頭警告過了，有鑑於我們都不想給各自的家族蒙羞，所以沒有再靠近夏洛特，更不可能在對方的身上弄出新的傷口。」

「你以為我會相信你們說的話嗎？」夏洛特身上的疤痕歷歷在目，魔王不想輕易饒過這些人。再怎麼說，對方都是他重要的……伙伴、重要的伙伴！

「看來不稍微教訓你們是不打算說實話了。」羅亞雙掌一擊，準備召喚出上次那把黑色魔劍。

妖精少年見狀趕緊求饒，差點沒有雙腿一軟跪下。身後同伴也連忙幫腔：「是真的，我們沒有再欺負人了，相信我們，這一切都是誤會啊！」

看他們不像在說謊的樣子，魔王勉強相信了，這才合掌收起冒出半截劍柄的魔劍。

那夏洛特身上的傷又是從何而來的呢？難道另有隱情？

但是他卻什麼都不說。

這是為什麼？

「好，我相信你們，但你們必須幫我一個忙。」魔王的語氣是不容拒絕的強硬。

「什麼忙？」妖精少年一臉懷疑。他們這樣算不算被威脅了？

「陪我一起找菲莉蘇，然後回到廣場集合，因為我迷路了。」魔王大方地坦承。

「……好。」幾位特A生也只能答應幫忙。

然而，大家忙了一整晚依舊一無所獲，四處都沒見到菲莉蘇的身影。

看來獸人皇女是真的失蹤了。

怠惰な魔王の
転職条件

第七章

誤會導致友情出現裂痕

How to Change Career
from Demon King to Hero

接踵而來的麻煩擾亂了學院的寧靜，學生私底下議論紛紛，各種不實謠言不脛而走，八卦傳得滿天飛。有人說這是魔族的陰謀，是占領這塊大陸的第一個計畫——獵殺所有的勇者預備役。如此一來，勇者的陣營會流失大量生力軍，那邪惡魔族征服世界的夢想就指日可待了。

想像力太豐富了，魔王本人可不記得有做過這種勞心勞力的作戰計畫。

更何況魔王城裡現在連一個看門的守衛都沒有，更遑論征服世界。在那之前，大家都得先喝西北風了。戰爭可是要花上不少資金的，這也剛好是現任魔王最欠缺的東西。

因為上述的種種原因，導師們成天有開不完的會議，所以學院直接停課一週。即使多了足足七天的假期，所有人的心情也輕鬆不起來，畢竟這可不是什麼值得開心的事，白織他們到現在都還在找尋女孩的下落。

「蒔鬼，你難道不能用占卜找出菲莉蘇的正確位置嗎？」

「唔，我試過了，但是不行……」蒔鬼顯得垂頭喪氣。

「什麼意思？」魔王問。

「每次占卜的結果都不一樣，一下顯示南，然後又顯示北，好像菲莉蕬為了不讓我們找到她，一直在進行移動。」蒔鬼的話讓人匪夷所思。

「那是不可能的吧。」白織接口說道，他的眉頭在女孩失蹤的當下開始就沒有鬆開過，「我想她一個人一定很害怕，雖然平常總是擺出高傲的模樣，卻是個心思細膩的脆弱女孩，所以我們必須快點找到菲菲才行！」

「你對那個獸人皇女的認知怎麼跟我不太一樣……」魔王微微挑眉。

「啊對了！」白織忽然靈機一動，立即興奮地向兩人分享，「我們可以去找朵麗導師啊，說不定塔羅牌能給我們什麼明確的指示！」

「小子，難得你有個不錯的提議！」齊格滿意地哼聲說道。

「你們去吧，我還有事。」魔王擺擺手拒絕。

他已經有兩三天沒有見到夏洛特了，總覺得有些不尋常，雖然想去找對方，卻毫無頭緒。每一回都是金髮少年主動找他，別說上課教室、活動範圍，他甚至不知道對方的宿舍房號。

魔王漫無目的地在校園內走著，希望能像以往一樣被某人「巧遇」。正當他站在一條岔路口，苦悶地思索走左邊好還是右邊好的時候，不遠處冷不妨地傳來急促的對話聲，看樣子是有誰在爭吵。

在這個多事之秋，任何動靜都可能是線索，魔王循著聲源，發現自己原來不知不覺走到學院南邊的角落。

這裡靠近豢養魔獸的圍欄，平常除了必須照顧自家魔獸的一年級新生和獸欄總管，沒什麼人會經過這裡。因為圍欄裡主要是中型的草食性魔獸，糞便的數量驚人，氣味也可想而知。

換言之，要在這裡幹什麼壞事肯定輕而易舉。

爭吵的兩人就站在獸欄小屋後的空地，眼中只有彼此，所以一時沒察覺從後方接近的魔王。羅亞原本在遠處觀看，因為認出了前方兩人而心中一喜，不由自主前進的腳步卻被其中一人的舉動震懾住了。

巴奈特直接賞了夏洛特一個巴掌。

夏洛特的臉被打得狠狠偏向一側，但他沒有反抗，只是平靜地說完想講的話。巴奈特聽完，眼神更是陰鷙，跟平常的小天使形象簡直判若兩人。他伸手捏住夏洛特的下巴，強迫金髮少年正視他，接著悄聲說了什麼。

魔王不敢隨意走近，但從他現在站立的位置，完全聽不到兩人之間的對話，只知道他們的關係似乎非比尋常，怎麼看都不像夏洛特先前說的不認識。

爭吵並未因此畫下休止符，不論他們是出於什麼原因起了爭執，夏洛特一直都被動地任憑對方處置。巴奈特粗魯地折過他的手腕，金髮少年始終平靜的臉上終於出現一絲痛苦，但還是一聲不吭。

可是魔王終沉不住氣了，在意識到前已經邁步上前，扣住巴奈特的手使勁，強迫他放手。綠眼少年狼狽地鬆開手，眼神中的詫異一閃即逝，但他很快就恢復如常，變成那個人見人愛的好學生。

「羅亞同學，你怎麼會在這裡呢？」

對方一百八十度大轉彎的態度讓魔王一時難以適應，但他沒有表現出來，依舊頂著面癱臉冷冷地說：「我不管你跟夏洛特有什麼過節，要是你再動手傷人，我會將他受的痛苦加倍奉還給你！」

話剛說完，魔王突然想到一個可能性，夏洛特至今為止的傷會不會都是這個叫巴奈特的人弄出來的？

如果真是這樣，那他會讓他付出代價……

「羅亞同學，你是在保護他嗎？」巴奈特不急不徐地說，語調輕緩，嗓音卻透出不懷好意的味道，「他可不是你能保護的人喔。」

「我知道自己在做什麼，不需要你多嘴。」

「羅亞，」夏洛特啞聲開口，低垂著頭央求：「能不能不要管這件事？這是我跟他的事，算我拜託你。」

這是第一次，夏洛特出於某種原因拜託他，卻是在這種場合。這不是他想聽的話，他不想聽他求自己。

「你在說什麼？是因為你沒辦法保護自己，所以我才——」

「沒辦法保護自己？說得可真輕鬆啊。一直以來，你做什麼都只遵照自己的想法，從來不顧旁人在想什麼，不是嗎？不要裝得一副好像很懂我的樣子。」夏洛特終於抬眼，卻露出憤恨的神情，眸光毫無溫度。

「夏洛特……」魔王張開口，卻什麼話都說不出來，胸口莫名地隱隱作痛，彷彿被利刃劃傷。

沒錯，他說得對，他什麼都不瞭解，到頭來不過是自己的一廂情願……

巴奈特似乎樂於見到兩人產生了嫌隙，神態自若地湊近魔王耳邊，輕聲說：「我不是說了嗎？他，可不是你隨便就能親近的對象。」

魔王一愣，好不容易才平穩紊亂的心神，殺人般的視線瞪向對方。然而巴奈特在離去前只給了他一抹不屑的冷笑，似乎是在嘲笑他的愚蠢以及自大。

就這樣，巴奈特的身影消失在魔王的視野中，偌大的場地忽然只剩下兩人。夏洛特似乎也想跟著離開，情急之下，羅亞脫口而出：「你想要去哪裡？」

不知為何，他竟然產生再度被拋下的錯覺。他很恐懼，害怕到頭來又只剩自己孤獨一人。

「……」夏洛特沒有回應，過往眼中充斥的溫度似乎被某種東西取代，那裡面什麼都沒有，毫無波瀾。

「不要、丟下我……」當意識到時，魔王在恍惚間似乎說了什麼不曾講過、也不願說出口的話。但他控制不住自己，他不過是想牢牢握緊唯一的……

夏洛特還是走了。

魔王沒有再出聲喊住對方，他知道，一旦決定了，不論是什麼都能輕易被割捨——即便是人與人之間的羈絆。

羅亞低下頭，心裡說不上是什麼滋味，眼角卻瞄到一樣古怪的物體。

「這個是……？」

他彎腰撿起落在地上的布人偶，做工粗糙、大約一個手掌大小，身上穿著諾蘭學院的制服。

這似乎是從夏洛特身上落下的，要不要還給他呢？魔王馬上否決了這個想法，決定暫時收著布偶。總覺得，這似乎是很特別的物品。

本該是一覺好眠的夜晚，魔王卻輾轉難眠。

白天與夏洛特的爭執仍在心中迴盪，耳邊似乎還縈繞著某人呼喚他的聲音。聲音宛若實質，羅亞甚至可以感知到對方的存在……他猛然睜眼。

真的有個人站在床邊靜靜凝視著他，嘴角噙著一抹淺笑，雖然與另一人有著相同的樣貌，直覺卻告訴他這並非本人。

「若林。」在看清楚對方的臉之後，羅亞倏地坐起身，滿臉防備。

「你醒了。我有事找你。」若林比了比噤聲的手勢，示意羅亞放輕音量，不要引來不必要的關注。

「你是怎麼進來的？」羅亞低聲質問。在詢問對方的來意之前，他更想知道若林是怎麼在半夜闖進他房間的。

「你忘了嗎，我是影子，影子沒有實體，自然可以來去自如。」

「你說有事找我，是什麼要緊的事非得現在講不可。」

「這種事越少人知道越好，我覺得你應該會有興趣。」若林說得神祕，卻不急著公布謎底。

「你又知道我對什麼有興趣了……」羅亞不滿地碎念。

「勇者之書。」若林壓低聲音，像是透漏了什麼驚天機密，「我知道它的下落了，但目前只想跟你分享這項消息，一起來吧。」

「勇者之書，那是什麼？」聽都沒聽過。

「你不知道勇者之書？」這回換若林感到詫異。

「為什麼我該知道？」

「只要擁有勇者之書，就能獲得足以統治世界的力量。」

「什麼嘛，我不需要。」魔王興味索然地躺回溫暖的被窩。明明世界上有許多比統治世界更值得做的事情，無聊。

「別這麼說嘛。」若林並沒有這樣就打退堂鼓，反而努力勸說，「勇者之書是世人夢寐以求的寶物，裡面蘊藏豐富的知識，所有的問題都能迎刃而解喔。」

「所有的問題？」在那一瞬間，魔王想到的不是菲莉蕬，而是夏洛特。不知道書裡有沒有讓朋友和好的辦法。

「如何，有興趣了嗎？」

「廢話少說，快帶我去。」

若林領在前頭，經過千迴百轉的彎道，途經錯綜複雜的小徑，總算來到一處看起來像藏著寶物的荒廢建築。

第一眼看上去，實在很難想像這所貴族學院內會有這麼荒涼的地方，但羅亞早就知道這裡的存在了。在入學測驗的時候，他和白織曾誤打誤撞來過此處。

若林卻沒有踏進正門，他熟門熟路地踏上旁邊一條不知名的小路，繼續深入。小徑筆直延伸至盡頭的一扇鐵柵門，上頭攀滿爬藤植物。奇異的是，鐵柵門與厚重的石製拱頂毫無支撐地懸浮在離地幾公分的空中，另一端似乎連接著什麼異空間。

若林加緊腳步，一眨眼便消失在門後，羅亞趕緊跟上。

他推開觸手冰涼的鐵柵門，瞬間月光灑落，一股新鮮的土壤氣味盈滿鼻腔，緊接而來的是桃源仙境般的美景。視線所及全被綠意覆蓋，似乎沒有遵循任何法則修剪整理，任其肆意生長，造就一幅生機盎然的美麗畫面。若林就站在如夢似幻的空間正中央，等待著羅亞的到來。

魔王走上前，立即察覺對方駐足此地的原因。若林身後是一棵古老的參天巨樹，枝葉繁茂、氣鬚垂地，一層又一層的青翠藤蔓與苔蘚包覆著枝幹，相依共生。在羅亞視線高度的地方，樹幹上的藤蔓彼此交纏環繞，正中央嵌著一本封面上繪有奇異圖騰的厚重書籍，書被一條帶子緊緊綑住。

「這就是勇者之書？」羅亞從沒見過實體，理所應當地將問題扔給唯一能解答的人。

「沒錯，擁有它，據說就能獲得前所未見的強大力量，還有……至高無上的權力。」若林目光發直地盯著勇者之書，像是想觸碰般伸手，卻只是從空中劃過，在碰到實物前便放棄了。那張有如少年的臉上竟出現一抹難以察覺的執著。

魔王只是簡單地嗯了一聲，他緩緩靠近，低下視線研究著深深嵌在樹幹裡的書。

「只要打開就行了嗎……？」打開之後，他就用不著再為了夏洛特的事獨自煩惱了吧。

「勇者之書會認主，必須是它認可的對象才能開啟。」

「認主？具體而言是要怎麼做？」魔王抱持著姑且聽聽看的心情問道。

「需要一滴勇者的血。獲得勇者之書的認可後，施加在書封上的枷鎖便會解除。」

「……」前提也要他是勇者才行啊，他真實的身分卻剛好是勇者的死對頭——魔王。

「怎麼了？」若林困惑地看向魔王有些難看的臉色。

「為什麼是我來？你幹嘛不自己獻血？」

「你忘了嗎？我是影子啊。連實體都沒有了，哪有血能用。」若林無奈地嘆氣，催促道：「你不是有問題需要勇者之書解決嗎？來吧，打開它，你的問題將會迎刃而解。」

開就開，反正他也沒有退路了。

在勇者之書前方站定後，羅亞卻猶豫了。他並不是怕痛，只是想到要在自己身上製造出一個傷口，就覺得有些頭大。

「快把手放上去。」見少年猶豫不決，若林粗魯地抓起他的手，將對方的手指壓在書的表皮上。

倏地感到一陣刺痛，指腹不曉得被什麼東西扎破了，血立即湧出，然後順著封面圖騰的淺淺刻痕擴散開來，描繪出不明的符文。一眨眼後，血漬卻奇蹟般地消失了，魔王不可思議地感受著變化。紙下的書彷彿被喚醒了強大的生命力，一滴不剩地吸收了這獻祭一般的禮物。

緊接著，書封上的枷鎖緩緩松開，帶子無力地垂掛在兩側，書本自動翻開了。

古老的紙面飛快地在眼前跳躍，然而，若是期待能看到些什麼密咒的話，恐怕要大失所望了。紙頁上什麼都沒有，甚至連最簡單的文字及符號都沒有。

事實鐵錚錚地擺在眼前，沒錯，勇者之書一片空白，什麼都沒有記載。

但事情還沒結束，魔王依舊按在書封上的手指被緊緊吸附住，他感覺自己的力量大量流失，彷彿書的本身是個巨大的黑洞，會無止盡地吸取他人的力量。越是抵抗、力量就流逝得越快，像是隻貪婪的怪物，想一步步地將他化作自己的一部分。

像這樣的邪物，怎麼可能會是傳說中的勇者之書……這是個陷阱，他被人耍了。

「若林，這是怎麼回事！」

「或許你應該換個稱呼。」若林的身影逐漸淡化，取代的卻是另一個人的形象。

那個人正是──

「醫生！」不可能的，他應該在那一天……

「如何，失望嗎？體內流有魔族血液的人是不可能那麼輕易就死掉的，對吧？魔王。」

「你怎麼……」魔王瞪大雙目，萬萬沒想到出現在眼前的人竟然會是他，而且對方顯然還知道他隱藏的祕密。

「別擺出這種眼神嘛。」醫生故作從容地擺擺手，「哪一個讓你比較驚訝呢？是我好端端地重新出現在你眼前，還是你的身分老早就曝光了？」

「……」魔王沒有回應。

「不過那些都不重要了。重要的是，滅世之書因為你而重啟了。」

「你說這是什麼……？」

這果然不是勇者之書，而是徹底相反的物品。書的吸力越來越強，羅亞體內累積的魔力也正一點一點被書搶走。

「開什麼玩笑啊！」

隨著一聲怒吼，更加驚人的魔力自魔王體內湧現，兩股力量頓時相撞，彼此抗衡、牽制，反而中和掉書本身的能量。吸力一緩減，羅亞立刻挪開手指，退到相對安全的距離外。他的腦袋一片混亂，要不是及時抽手，後果可不堪設想，他甚至可能被吞噬掉。

「滅世之書是勇者之書誕生時的瑕疵品。」醫生卻豪不在意的樣子，還興致勃勃地繼續說明。

「什麼？」魔王的神色微變。

「勇者之書的創始者在編撰這本書之前，下了不少的苦心。在成功版本誕生之前還有不同的範本，但其餘只能算是衍伸的複製品，基本上也可以說是劣質品，內容上沒有太大的差異。」醫生故作神秘地頓了頓，「唯有一個版本，在裝訂時出了差錯，硬生生地將符文的力量逆行了過來。有人發現這一點後，便將錯就錯地加以利用，完成了你眼前的這本逆天奇書——滅世之書。」

這書名讓羅亞覺得有些不太妙，當然，毀滅世界是他一直想做的事，但不是藉由他人之手。

「你為什麼要這麼做？」面對可能比他更邪惡的勢力，魔王仍然無所畏懼，心高氣傲地挺胸站直，「這麼做對你又有什麼好處？」

「是沒什麼好處，」若林笑得一臉人畜無害，「不過是，受人之託忠人之事。」

「是誰指使你這麼做的？有什麼目的？」或許他們的相遇根本就是精心設計的圈套，這麼一想，所有先前想不透的疑點似乎全有了答案。

「想必什麼校長的影子也是騙我的？」

醫生只是勾起嘴角，沒有正面回應。他揚著虛假的笑走到羅亞身前，傾身與他四目交接。

「因為你看起來一臉很好騙的樣子。」

魔王危險地瞇起雙眸，殺意迸現。既然對方早就看穿他的身分，那麼也沒什麼好隱瞞了。

「你找死嗎？」

無視直面而來的威脅，醫生臉上的笑意更盛，在夜色中顯得相當魅惑人心。

「我知道我打不過你，我也不打算跟你正面衝突。反正我的目的已經達到，這就足夠了。」不知何時，醫生已經將滅世之書拿在了手上，「書我就拿走囉。」

話聲甫落地，醫生的身影也隨風消散。

「你——」

這明擺著是陷阱，而他竟然這麼愚蠢地上勾了。

「竟然該死的利用本王，我一定會殺了你！」羅亞啞聲怒喊，可惜聲音無法傳遞給早已離去之人。

必須想想辦法才行。魔王回身，迅速離開這處奇異空間，然而跨出的腳尚未踏穩，一陣地動天搖猛然降臨，緊接著一聲撕心裂肺的嚎叫響徹夜空。

平靜的夜幕忽然產生異變，颳起颶風似的氣流，烏雲迅速在天頂交匯，不時閃現強烈的電流。轟隆一聲，暴風的中心吐出一頭體型龐大的魔獸，身軀覆滿褐色的鱗片，蝠翼般的巨大雙翅在兩側拍打。

是龍，活生生的龍。

破壞力強大的稀有龍族並未滅絕，但很少有人能捕捉到龍的蹤影，因為龍族向來神出鬼沒、難以捉摸——然而這隻龍卻跟同伴的習性背道而馳。

事態真的不太妙。

怠惰な魔王の転職条件

第八章

有龍來襲！

How to Change Career
from Demon King to Hero

龍並非群居動物，因為牠們每一隻的個性都太過強烈，一言不合就會鬧得天翻地覆。即便如此，龍族也絕不是離群索居的生物，也就是說，牠的同伴或許就在附近。一隻龍的活動範圍內絕對看不到另一隻龍，但除此之外的危險生物可就沒人敢保證了。

金黃的獸眸此刻正居高臨下地俯瞰著偌大的學院，隨後被暴怒的情緒支配，倏地將尾巴往一旁橫掃，發狂似地橫衝直撞，發出陣陣宛如來自地獄深處的怒吼。

看著眼前顯然發了瘋的龍，再怎麼不識相的人都能立即察覺事態的嚴重性，羅亞現在能做的就是盡可能在不洩漏身分的前提下，好好保住自己的小命。龍族的強大無庸置疑，發狂的龍更是殺傷力十足，就連他這個魔王也束手無策。

在龍的狂暴破壞之下，校園四處狼藉，沾染上龍息的地方更是陷入火海。

突然間，揚起薄翼的龍像是發現了什麼，筆直朝羅亞的方向俯衝而下。頓時狂風大作，周圍的林木樹葉紛飛，魔王別無他法，只能狼狽地抱頭竄逃。

獸眼緊盯著底下的獵物，飢餓已久的惡龍猛然揮下龍爪。塵土漫天紛飛，卻仍遮蔽不了龍的視野，牠很快再次捕捉到少年的瘦小身影，預備進行第二次襲擊。

魔王自然知道惡獸打著什麼主意，但他剛剛不但大失血、體力也迅速消耗，於是只好妥協──他決定不顧形象地大聲呼救。

這裡好歹也是聚集了未來勇者和勇者導師的地方，多少有一兩個能打敗龍的強大傢伙吧。

下定決心後，羅亞深吸一口氣，再淺淺吐出，如此循環數次後，他用雙手圈住嘴準備呼救。

然而一秒過去了，兩秒、三秒，甚至過了一分鐘，他的喉嚨像是被鎖住了，發不出任何聲。該不會是身體本能地不允許魔王做出這種無能行為而出現的排斥反應吧？該死，偏偏選在這時候漏氣，是要他如何自保啊！

魔王欲哭無淚地為即將壯烈犧牲的小命默默哀悼，雖然表面上仍一派鎮定，臉部肌肉早就習慣了平時的面癱，只能從細微的部分判斷出他現在的情緒。

就在這時，魔王不小心一腳踩空，大字型摔在泥地上，吃了滿嘴的土。上空的龍已經張開血盆大口，喉嚨深處悶燒著熾烈的火焰，下一秒便噴湧而出——

毫無預警地，羅亞被人扯到異常堅實的大樹後方，一道專業的魔法防護罩隨後迅速架起，讓他千鈞一髮地躲過成為ＢＢＱ的淒慘命運。

「羅亞，這是怎麼回事啊？」白織焦急的嗓音在下一秒傳來，蒔鬼也在，他們的身上還穿著睡衣，想必是從宿舍慌忙逃出來，然後在避難的途中湊巧遇到了魔王。

「龍。」羅亞只是言簡意賅地表示。

「誰都看得出來是龍好不好！問題是，這裡是學院，學院裡面怎麼會有龍這種稀有的種族？還有，牠為什麼看起來一副氣炸了的模樣？」

「那還用得著說，肯定是這小子闖的禍啊。」齊格在旁涼涼地補上一槍。

「很恐怖……」蒔鬼也低聲同意，白皙的臉龐如今看上去更加慘白。

「……跟我無關。」為什麼說得一副他是麻煩製造機的樣子……他是嗎？

一時間，周圍充斥著喧鬧、爆炸，還有此起彼落的尖叫聲。看來龍襲在本來寧靜的夜裡投下了一顆震撼彈，學生從宿舍裡傾巢而出，抱頭竄逃。

龍顯然已經失去理智，到處搞破壞，導師們紛紛趕到現場救援，架設好防禦結界，不讓敵人的攻擊再次襲擊這片土地，同時引導學生前往安全的場所避難。

白織神情焦慮地仰望遠處的龍，知道自己在牠眼中是多麼的渺小，脆弱得不堪一擊。「怎麼可能打得過龍啊，會輸的……」

魔王緊抿著唇，轉頭問道：「所有人都離開宿舍了嗎？」其實他真正想問的是，夏洛特呢？

但幾小時前的爭吵始終讓他無法忘懷。

「我也不清楚，我一聽見爆炸聲就驚醒了，跟阿蒔是在宿舍走廊上遇到的，然後就一起跑出來察看情況，壓根沒注意到那麼多……」白織結結巴巴地回應，聲音越來越微弱。

「我要回宿舍一趟。」魔王當機立斷地決定。只有見到對方安然無恙的身影，他才能真正放下心來。

「現在的情況很危險，我們應該聽導師的指示到安全的地方避難……」蒔鬼驚慌地抓住魔王的衣袖，試圖阻止對方莽撞的行徑。

「現在的敵人是龍，課堂上也沒教我們屠龍的方法，若是中途遇上牠就真的死路一條了，這樣你還要去嗎？」白織不可置信地看著去意堅決的魔王。

「當然，」魔王回答得爽快，一副勝券在握的模樣，「而且不是只有我回去。」他是路痴，當然需要找人帶路。

「……你是不是偷偷把我們算在內了。」白織瞪大雙目，慌張地連連擺手。

就在這時，為羅亞一行人提供良好遮蔽的大樹突然被龍嘴連根拔起，並粗暴地甩開。龍喉發出的嚎聲造成隆隆的回音，連大地也為之撼動。

面對這糟糕到不行的情況，羅亞他們只能拔腿就跑。

腎上腺素在這時徹底激發出體內深處的潛能，只見三人沒命似地左閃右竄，躲避落後他們一小段距離的發瘋惡龍，時不時就會有團火球夾帶著猛烈之勢在他們附近落下，炸開的同時伴隨著火花四濺。

幸好，在返回宿舍的路上，他們直接迎面撞上了夏洛特。見到對方沒事，羅亞不禁鬆了口氣，還沒來得及詢問狀況，金髮少年就已經先開口了。

「你們沒事吧？話說回來，為什麼學院裡會有龍？」

「這也是我們想知道的，總之先去安全的地方避難，龍族那邊有導師們會處理，所以應該可以放心……」白織急急開口。

「我想去看看。」然而，夏洛特的回覆卻是一貫的出人意料。

「你瘋了嗎，我不准你去！」魔王第一個跳出來反對。

「難得有龍耶。而且沒記錯的話，我們是勇者預備役吧？當然要義無反顧地站在最前線迎戰才對。你說是吧，羅亞？」又是那從容不迫的輕鬆語氣，以及溫暖的笑臉，彷彿下午的爭吵不過是場惡夢，醒來就沒事了。

「好，一起去吧。」魔王很快就改變了心意。

「等、等等！一起是什麼意思，一起去送死嗎！」白織體內的吐槽開關再次啟動，「而且你說的一起，應該只有你和夏洛特，沒有我跟阿蒔吧？不要裝作沒聽到啦，混蛋！」

「根本用不著擔心。」魔王的語氣非常理所當然，不知道他身上的那份自信是從哪來的。

「羅亞，你這話是——」

「我不會死。」思考片刻，魔王隨即補充，「我不會讓你們死的。」

「忽然覺得我們好像跑到了平行世界，對吧？」白織低聲喃喃道。羅亞怎麼了？他好像壞掉了，不只腦袋，整個人的設定都壞掉了！

「好像是這樣……」蒔鬼小心翼翼地附和。

「我不想讓朋友涉險，所以你們不願意的話我也可以理解。」最後還是夏洛特跳出來打圓場，「那我們就暫時先在這裡分道揚鑣了，你們也快去安全的地方避難吧！」

都被人這樣說了，白織反而產生一種不甘心。誰說配角沒有逆轉成主要角色的機會！

「我決定……」話才說到一半，眼鏡少年卻猛然閉上嘴，一臉恐懼地看向夏洛特和羅亞的後方。

那裡有個東西吸引他的視線，照理來說應該沒什麼的，這是個魔法與科技並存的世界，所以出現什麼奇怪的物種應該也不足為奇才對……

但是，普通的豹會用兩隻腳走路嗎？

那隻豹用兩足站立的方式朝這邊走來，身上的毛還有一些燒焦的痕跡，看來是在森林裡遭受攻擊才狼狽地逃了出來。牠一臉飢腸轆轆的樣子左顧右盼，似乎在尋找食物，接著看到了前方的一行人。

那眼神白織絕對不會忘記，就像發現新大陸一般，眼睛都亮了起來，雀躍之情溢於言表。他還是第一次看到，表情如此人性化的肉食動物。

等等，肉食……？

「快跑！要過、過來了！」白織激動地向大家示警，然而眾人一臉困惑，天上那隻龍不久前才剛被幾位導師引開，目前應該沒什麼立即的危險才對。

原本以兩足站立的豹變成四足落地的姿勢，全速朝這裡衝刺過來，飛撲在白織身上。頗有分量的溫暖身軀立刻將眼鏡少年壓制在地，少年不禁發出慘叫，連連向同伴們呼救。

就在夏洛特拔劍之前，豹自己開口了：「小白也叫得太悽慘了吧，本皇女是對你做了什麼嗎？」

聽到耳熟的自稱，眾人更是瞪大雙目，不敢置信地看著眼前的畫面。

莫非……？

「妳是菲莉蕬？」魔王忍不住問道。

「各位，你們都好嗎？」花豹優雅地起身，從白織身上爬起來，又恢復成兩腳站立的模樣，「人家好像有好幾天沒見到你們了，不過這也是沒有辦法的事啊，本皇女成了這副模樣，總覺得有些難為情！」

「獸人族體內的禁制……」夏洛特一臉若有所思，腦海裡關於某項禁制的內容浮上出來，「滿月之夜，在面臨飢餓的情況會被迫獸化。」

如此說來，所有的謎團都有了解釋。

「也是就說，菲菲妳根本沒有失蹤，地下的足跡也都是妳弄出來的？」白織從地上爬起，難以置信地問道。那他之前不就白擔心一場了，還失眠了好幾夜耶！

「那是因為……」花豹困窘地垂下頭，前掌抓了抓耳朵。

「看來，妳必須把那天發生的事好好交代清楚。」魔王冷聲開口。

花豹順從地點點頭，然後回憶起當天的情況來：「那天本皇女依然在佈置陷阱的地方等候小偷，以至於忘記最重要的事情——那天正好是滿月，獸人族必須藉由大量進食防止出現像我這樣的情況。只是飢餓還好，但湊足了滿月的條件便會造成獸化。那時我已經三天沒吃肉了，早就餓得頭昏眼花，結果就獸化了嗚嗚。」花豹用兩隻獸掌捂住眼睛，「但我不想讓你們看到這樣的我，在手足無措之下不小心破壞了陷阱機關，只好先躲著，慢慢填飽肚子解除獸化。幸好學院很寬闊，能躲的地方很多，但本皇女都還沒補充足夠的肉，校園裡就失火了嗚嗚。」

「所以說，占卜的結果沒有錯。一定是因為變成豹的菲菲從來不在某處停留過久的緣故……」得知自己的占卜還是準確的，蒔鬼開心地笑了。

「什麼占卜？」花豹困惑地歪了歪頭。

「有話之後再說吧，人都走了。」齊格突然插話。

「什麼人？」白織一時沒能及時反應過來。

「羅亞還有夏洛特……」蒔鬼回應道。

「咦？」白織回頭，只來得及看到兩人遠去的背影一角。看來他們是真的打算玩勇者鬥惡龍了……

「那我們也走吧！」菲莉蒸脆聲說道，「這種場合怎麼能少得了本皇女！」

「不是吧？」白織抱頭慘叫。他們這一群為什麼正常人這麼少，有沒有搞錯啊！這樣他和蒔鬼要怎麼辦啦！「菲菲，妳什麼時候變得這麼熱血了？」

「阿蒔比我更熱血吧？」菲莉蒸卻突兀地這麼回答，白織聞聲轉頭看去，蒔鬼已經拔掉手中的布偶，鬼化後的巨大體型足足比平時瘦弱的模樣再大上兩倍，幾個跨步就衝到了前方。

「連阿蒔也……」就不能好好讓他去安全的地方避難嗎嗚嗚。

「好了，上來吧。」菲莉蒸突然彎下柔軟的動物身軀，前掌輕巧地踩上地面，「坐上來，很快就可以趕上他們了。」

白織一度懷疑自己的聽力出了問題，小心翼翼地再次詢問：「坐上來是指？」

「廢話少說，把你的兩腳打開跨上來就對了。」菲莉蕬盛氣凌人地命令，絲毫不覺得自己的發言有什麼問題。

「可是菲菲畢竟是女孩，要我坐上去實在是……」太強人所難了啊！白織的內心陷入糾結，自己再怎麼說也是一名紳士，不是變態的那種，要紳士騎在女同學身上，雖然對方現在是以一隻花豹的姿態，但這畫面……能看嗎！

花豹無可奈何地嘆了一口氣，給了對方一記鄙視的眼神，發出脅迫般的低吼。「你以為憑你那兩條小短腿能追上他們嗎？坐上本皇女是你莫大的榮耀，你應該感到知足，平民！」

「可、可是……」白織不想輕易妥協，他也是有底限的！

「你想要被吃掉還是乖乖坐上來，自己選。」花豹決定使出最後的殺手鐧。

「請務必讓我騎乘！」白織二話不說爬上花豹的背，做出可能會成為他人生黑歷史的決定。

花豹滿意地哼了哼，載著眼鏡少年朝前方全速奔馳，白織一臉驚恐地緊緊抓著豹毛，眼前的景物化成一團殘影。

巨龍捨棄在空中作戰的優勢，龐大的身軀往地面上重重一踏，大地隨之撼動。礙於地形的限制，龍將翅膀收在兩側，即便如此，戰鬥力也絲毫未受影響，導師組成的防禦戰線仍舊陷於苦鬥。

奧古斯導師甩動手中的繩索，準確無誤地套中龍細長的脖頸處。奧古斯的專業是魔獸學概論，自然知道馴服龍的辦法，緊接著又拿出第二條、第三條繩索，仿效先前的步驟，將牠的四肢牢牢的牽制住。

繩索是用特殊的材質編織的，又用魔咒附上定身效果，用來對付普通的失控魔獸來說是綽綽有餘。但有件事奧古斯一時疏忽了，那就是絕對不能把龍族與一般大型魔獸相提並論。

龍族潛藏的能力至今仍然是未知數，在正常情況下的普通龍族就已經夠難對付了，更遑論是發瘋了龍。只見龍仰起頭發出震天怒吼，覆滿身上的褐色鱗片像是著了火般，冒出熊熊烈焰，將繩子全數燒毀。龍不只能從嘴巴吐出火焰，噴出的龍息也帶著高溫的灼熱，甚至連龐大的身軀都附帶著火屬性魔法，看樣子新技能又被開發了。

「就說辦不到的……」白織指著戰鬥力破百的龍，略帶哭音地控訴。他現在可以哭著跑走了嗎，絕對打不贏的啊！

「不試試怎麼知道！」回話的人是夏洛特。他抽出自己的配劍，雙手緊握。

此刻龍將尾巴狠狠地掃過來，驚人的風勢挾帶著塵埃與石塊，但夏洛特沒有因此停下腳步。他躍向空中，奮力砍向龍的背部，反震的力道卻差點把他的劍震脫手。龍鱗可說是世界上最堅硬的東西之一，普通的武器根本無法造成傷害。龍的目光看向金髮少年。

「夏洛特！」魔王連忙出聲示警，但已經來不急了，只能眼睜睜看著少年被猛力揮落的龍爪擊中……

不，有什麼東西及時飛身救走了少年——是奧古斯導師的魔獸阿烏。

羅亞見狀不由得鬆了一口氣。

「幹得好，阿烏！」奧古斯導師連忙朝自己心愛的魔獸豎起拇指，阿烏以牠一貫的叫聲回應主人。

然而，安心的時間沒有太久，龍馬上又展開了下一步攻擊。這次的目標是以羅亞為首的一行人，龍爪猛力往地面上一擊，地殼立即隨之晃動，眾人失去平衡，錯過了躲避的時機。

龍張開血盆大口，順勢吐出龍焰。傳聞龍焰可以燒毀任何有形的物體，被碰到的下場可不是開玩笑的。

龍焰挾帶著焚風襲來，就在這千鈞一髮之刻，有人輕聲在羅亞耳畔邊說：「退後一點。」

那人僅僅舉起一掌，便輕鬆架起牢固的防禦屏障，火焰打在上頭竟被另一股力量反彈了回去。

看到此人的出現，魔王並沒有非常意外。「瑟那卿。」

其他人卻驚訝地高喊：「瑟傑導師！」

「你們沒事吧？」據說是瑟傑導師的瑟那回過頭，露出一臉關切，完全沒注意到自己方才露出了什麼馬腳——為什麼教授勇者禮儀的導師會有如此高超的技術，而且顯然跟光明屬性的魔法沾不上邊。

「這裡很危險，還是請即刻到安全的地方避難。要是我晚來一步的話，現場大概就只剩下幾具焦炭了吧。」戴著偽裝眼鏡的男人溫聲說道。

魔王嘖了一聲，不顧現場還有其他人，把瑟那拉去一旁說起悄悄話：「你在幹嘛啊？想讓大家知道你是魔族嗎？何況，現場還有其他導師耶。」

「瑟傑你……」剛剛趕到學生身邊的奧古斯導師確實發現了不對勁的地方，他頓了頓，眼神隨之一亮，「你剛才那招防禦術我怎麼沒看過？有空的話，可以教教我嗎！」

瑟傑導師禮貌地朝對方一笑，隨後貼近魔王的臉悄聲回話：「看吧，不會有人懷疑在這種危機時刻救了大家的人是個貨真價實的魔族，陛下您多慮了。」

「既然你那麼厲害，也不在乎自己的身分可能會曝光，那還不快點把龍收拾掉！」魔王半是賭氣地回擊。

「辦不到。」

「如果你只是因為我這樣說而刻意跟我唱反調的話……」

「不，不是的。」然而，瑟那卻給了出人意料的答案，「陛下，首先請搞清楚，對方可是龍族，即便是我們也不能保證能打贏這場戰鬥。所以說，屬下的建議是理應明哲保身。」

魔王卻顯得猶豫不決。叫他逃命有可能嗎？現在的他不再是以前那個只會一味逃避所有麻煩事，好似這樣就無需承擔所有責任的王。他的伙伴都在這裡，有時候，承擔不見得都是壞事。

「我會打敗牠，你等著瞧！」羅亞倨傲地轉過頭。

「這……」這可不是瑟那想聽到的答案。陛下，您真的是越來越像勇者了。

瑟那確實低估了長期身處在勇者的環境之中對魔王的影響力了，這可不是他熟悉的廢柴少年。

「啊！」變成花豹的菲莉蕬突然驚呼一聲，猛然想起了什麼。剛才她一直在偷偷觀察龍的動向，現在領悟一件事，「小偷！這隻龍就是那個偷肉竊賊！」

「嗯？但這樣就更解釋不清了。」逃過一劫的夏洛特返回他們身邊，正好聽見獸人少女的推測，「強大又罕見的龍族為什麼要藏身在學院裡偷東西吃?這裡有什麼牠想找的東西嗎?」

「現在不是說這些的時候吧,防禦屏障快要不行了!」白織瞪大眼,只能眼睜睜看著瑟傑導師佈下的屏障被龍爪的物理攻擊打得支離破碎,現在全部人又再度曝露在危險當中。

龍又是一記仰天長嘯,威勢驚人,像是在宣示自己的勝利。

「罕見的龍族……」聽了夏洛特的一番話,瑟那卻一臉若有所思,絲毫不在乎自己的防禦屏障已被破除。

「瑟那,你想說什麼?」魔王察覺到管家怪異的臉色。

「那個,該不會是——」瑟那倏地睜大了眼,他怎麼也料想不到竟會演變成這種局面,「陛下,您絕對不能傷害牠。」

「什麼?」魔王愣住,「牠可是破壞學院的凶手耶,你以為我不殺牠,其他人就會輕易放過牠嗎?勇者向來不是以寬恕聞名的職業。」

「但是……」

瑟那的話來不及說完，龍再度發動攻勢，眼看即將噴出火焰，下一秒，龍卻僵住身體，動作變得極為緩慢，就像是慢動作播放的畫面。但周圍的時間仍是正常流動，只有在龍的身上才能看到這樣的變化。

「太好了，及時趕上了。」眾人後方走出一名廣告明星般的俊美少年，正是校長。

「是時間魔法……？」蒔鬼不可思議地眨了眨眼。時間魔法屬於高階魔法，即便是上位勇者也未必能成功使用，更別說拿來對抗強大的龍族了。

「是的，我在龍的周圍動了一點手腳，所以只有牠的時間慢了好幾拍，但也只能做到這樣而已，只有三十分鐘的時間。」校長大方承認，「所以，現在何不想想我們該如何解決這起麻煩？」

「校長，您那麼厲害，能不能直接解決掉龍？例如放個大絕招什麼的？」白織異想天開地提議。

「大絕招什麼的，你真是太過抬舉我了，白織同學。」校長本來想敷衍過去，但還是決定用心回答認真好學生的問題，「先不說我們不屠龍，因為龍族已經被列為一級稀有保育類的種族。再者就是，你以為我打得過龍嗎？呵呵。」

「校長，你是沒自信能打贏龍吧？」菲莉蘇的問題似乎有點挑釁。

校長的臉上泛著淡淡的笑意，似乎不怎麼在意為什麼會有一隻花豹開口嗆他。「到底是無法還是不願，我沒有準確的答案，不過有件事我是知道的。」

「嗯？」

「即便是全部人的力量相加起來，也未必能傷牠分毫。」

「龍有那麼厲害嗎……？」

「厲害是很厲害，但有一項特性，讓牠們甚至能把潛力發揮到極致。」

「是什麼？」

「個性，牠們的個性都非常雞掰。」

嗯，看得出來。

「那我們不就死定了嗎？齊格，在團滅之前，你有什麼好辦法嗎？」

蒔鬼一臉難過地看向手中的布偶。

「不要把那麼困難的問題丟給一隻布偶啦。」齊格困擾地抓抓頭，「嚴格說來布偶是不具備腦細胞的，所以依我看來，在生命中剩餘的三十分鐘裡，大家何不趁現在說說心裡話。」

「啊，不要！我不想那麼年輕就到陰間報到，我、我都還沒有娶老婆耶！」白織欲哭無淚地抗議命運的不公，一顆年輕的新星就要就此殞落。

「小白，不要擔心，你即便沒有老婆，還有右手嘛，本皇女相信你們會相處得十分愉快的！」花豹在這時做出非常不合宜的發言。

「不要在這種時候開這種低級玩笑！」白織的內心整個崩潰。

「陛下，那隻龍——」瑟那心心念念只為了一件事，他想要向魔王提出警告，不料卻被打斷。

「我不想死。」魔王發自內心地說。

「什麼？」瑟那徹底愣住了。這實在不像魔王會說的話，而且作為死前的最後宣言，這也太窩囊了。

「我都還沒看到漫畫月刊的最新連載，怎麼可以如此隨便地死去！都是這隻該死的龍害的！」難得地，魔王的鬥志熊熊燃燒，卻是因為這種微不足道的小事。

「陛下……」瑟那不知道該說什麼，如果可以，他只想親自手刃眼前的粉髮少年。

「對了，瑟那卿，還有一點時間，你先逃走吧。」羅亞的神情忽然變得複雜起來，「等我死了以後，記得每個月要按時把漫畫新刊燒給我。

聽說用這種方式可以跟亡者保持某種程度上的聯繫。」

「……您認為我會丟下您獨自逃走嗎？」瑟那有些不悅地撇下嘴角。

「瑟那卿，想不到你對我如此忠誠，不愧是——」講真的，已經有幾滴感動的淚珠在魔王的眼眶內打轉了。

「陛下，我很喜歡你。」瑟那卻卻突兀地這麼表示。

感動的淚水及時踩上剎車，魔王一時有些不知所措。「你……」

「尤其是您每次被屬下激怒時那種氣急敗壞的模樣，最讓人喜歡了。」瑟那腹黑的本性在此時嶄露無遺。

「你去死！」魔王不意外地像貓一樣炸了毛。

見狀，瑟那勾起了邪魅的笑。如同他剛剛說的，魔王這副樣子最讓人喜歡了。

就在氣氛介於凝重和歡樂之間的此時此刻，有道聲音幽幽傳來。

「哎呀，看來你們遇上困難了呢。」

眾人循聲轉頭，這才發現不遠處的湖泊邊，有個中年大叔坐在石頭上，下半身還連接著人魚的尾巴。

「那、那個是什麼，有夠噁心的生物！」菲莉蕬不可置信地大喊。如果用第一印象來論斷一個人的好壞，大叔人魚已經出局了。

「果然那天看到的是真的……」白織一臉沉重地凝視遠方。

蒔鬼整個人因驚嚇過度，臉色硬是白了一階，齊格也難得不做任何表態。

「別擺出這種反應，」大叔人魚一臉不滿，「我雖然是大叔又是人魚，但本性純良，是來給你們提供建議的。」

「竟然是大叔人魚耶！」年輕校長貌似驚訝地挑起眉。

「你最沒資格說話！」大叔人魚心生不滿，怒吼回去，「你是不是忘了我們是認識多年的老友了！」

「瑟那卿，消滅他！」魔王果斷地對身旁的管家下達格殺令，要讓這個不乾淨生物立即從世界上消失。

「我現在是瑟傑導師，請不要忘記這一點。」管家柔聲提醒，「不過要我消滅掉這隻奇怪的人魚也不是不可以。」

「等一下！」眼見矛頭忽然都指向他，大叔人魚立即出聲求饒，「不要看到大叔都以為是變態好嗎！雖然有一些確實是變態，但我絕對是最善良的人魚，給我一個挽回形象的機會好嗎！」

「小朋友們，稍安勿躁，讓他把話說完再消滅掉也不遲啊，呵呵！」

眼見玩笑開夠了，校長終於打算緩和氣氛，卻只是雪上加霜。

「還呵呵個屁啊！你是故意的是不是！」大叔人魚整個暴怒，但隨後清了清喉嚨，正色說道：「咳，總之，我想到一個擊敗龍的方法。」

「是什麼？」眾人迫不急待的追問。

「勇者之書，有了它，就能瞬間擺平這頭龐然大物！」

然而，現場除了知情者，沒人知道什麼是勇者之書，魔王也是在這個多災多難的一夜才碰巧知道此物的存在。

「啊，我怎麼就沒有想到，還有那個啊！」校長恍然大悟地擊了下手掌，臉上露出看到希望的神情，轉而將期盼的目光放在他們身上。

「校長？」

「小朋友們，想要見識一下什麼是真正的寶物嗎？」

同樣的廢墟、熟悉的土丘，以及其上插的一把劍。

「校長，勇者之書指的就是那把劍？」

「沒人說過勇者之書是方正的物體吧？」校長好整以暇地回答。

「那我們現在該怎麼做呢？」花豹問。

「很簡單，上去，拔起它。你們每一個都是。」校長說得十分簡單的樣子。

「每一個人，但是劍只有一把……」蒔鬼提出質疑。

「放心，只有勇者之書認可的人才能拔起它，而那個人將會是真正的勇者。」

魔王轉頭張望四周，加上他和校長，現場共有六個人。奧古斯導師和瑟那卿選擇留在龍的附近，等到三十分鐘的時間一過，他們就得想出新的方法拖延龍的無差別攻擊。

「如果現場沒有一個人能拔起來呢？」

「到時候再說吧。」校長回答得雲淡風輕，很難想像現在時間緊迫，學院的毀滅僅在一夕之間。

「身為勇者學院的校長，理應沒有人比你更有資格去動那把劍了。」魔王的話很實際。

「那把劍據說只有真正具備良善之心的人才能拔起，但是我，」校長神情黯淡地垂下眼，緩緩吐出實情，「早在多年以前，就已經失去資格了。」

勇者學院的校長自稱失去資格，那魔族之王、邪惡的化身，理應更沒有有資格才是。魔王想反駁，但這攸關他的祕密身分，話都到了嘴邊，最終還是沒有說出口。

「本皇女第一個上陣。」菲莉蕬自告奮勇，跳上土丘頂端，伸出豹掌想握住劍柄，卻遇到了障礙，「人家現在沒有手可以拔起劍……」

第二位是被硬推上陣的白織，眼鏡少年一臉驚恐，但驚恐的點是來自劍柄上成千上萬的細菌，他伸出一指點了點，隨即被其上暗藏的髒汙嚇得頭皮發麻。

他搖了搖頭說：「不行，我真的辦不到，我今天忘了帶消毒酒精了……」

蒔鬼則是自動放棄，齊格興致勃勃地動了動小手，但鬼族少年是不可能拿著齊格去拔劍的。

「那麼，接下來該輪到誰呢？」校長望向尚未拔劍的兩名少年。

夏洛特沉默了幾秒，伸手將身旁的少年往前推。「我願意把機會讓給羅亞。」

校長略感意外地挑眉。拔起劍就能證明自己有具備勇者的資質，以成為優秀勇者為目標的少年，應該都會想嘗試一下。「我能問你原因嗎，夏洛特同學？」

「我只是覺得，羅亞或許比我更有資格拔起勇者之書。」金髮少年露出炫目的笑容，「我被他救過幾次，當勇者最重要的就是品德不是嗎？」

「你在說什麼，我──」

「放心，我相信你一定可以成功拔劍的。」

──就跟你說不是這個原因了！魔王有些焦慮，他可是魔族啊，真正的魔族之王，有誰可以告訴他，魔王接觸到勇者的寶物會不會被瞬間消滅？

羅亞轉過頭，發現大家都以期盼的目光注視著自己，只想挖個地洞將自己埋起來。最後他還是戒慎恐懼地登上土丘的頂端，伸出手——

當魔王的手握在劍柄上時，只感受到一股暖流注入。那是很微妙的感覺，跟自己原先的想像有很大的出入。他的雙手交握，牢牢扣住劍柄，使勁往上一提，結果可想而知——勇者之書文風不動。

劍像生了根似地緊扣在土丘裡，用盡各種角度、推舉拉提沒辦法鬆動。

看吧，果真還是太勉強了，他一個魔王根本不是當勇者的那塊料。世上的所有事物早就以顏色區分得相當清楚明瞭，白跟黑自成一格，即便用上一輩子的時間，也無法跨越屏障——宛如宿命一般。

「這份工作果然不適合我。」奮鬥了十幾分鐘依然毫無變化，魔王萌生了放棄之意。

他本來就不是憑著滿腔熱血勇往直前的那類人，做什麼事都提不起勁，這樣才適合他不是嗎？現在放棄收拾僅有的行囊回魔王城的話，自己就能遠離麻煩的中心……但是，逃避不是他一直以來在做的事情嗎？

這樣真的沒問題嗎？老實說，他不知道正確的解答。

只是一味隨心隨欲地過著自己的頹廢生活，不在意世俗的眼光，不被外界的那一套規則所束縛，直至有天他醒悟過來時才發覺為時已晚。所有人都已經朝既有的目標穩定前行，只有自己，始終停滯不前。

這時，遠方傳來巨大的爆炸聲響，時間魔法的期效過去了，龍的攻擊再度展開。

又是一震地動山搖，為了穩住身子，羅亞趕忙抓著手邊的東西支撐，身體卻一個重心不穩，意外向下扳動了劍，輕而易舉地拔起了勇者之書。

「……」

寶物到手的瞬間，魔王沒有一絲喜悅。他不明白為什麼是他，難道他就是宿命論中的那個被選定之人？肯定是什麼環節出了差錯，不然就是一個天大的玩笑。

「就說吧，你一定可以的！」夏洛特揚起與有榮焉的燦爛微笑。

「羅亞竟然拔起劍了！」白織不可思議地推了推滑落的圓框眼鏡，其他人也驚訝得說不出話來。

「看樣子，羅亞同學就是勇者之書選定的人，接下來就交給你了。」校長露出高深莫測的笑容。

「這把劍是怎麼回事，」魔王湧上一陣無力感，「因為年紀大了，所以老糊塗了嗎？」連魔王跟勇者都分不清楚，算是哪門子的寶物？

然而外面的瘋狂鬧劇正持續進行，時刻提醒他眼下的情況有多危急。即使內心還是有些抗拒，羅亞還是舉起意外獲得的寶劍走出廢墟，眾人尾隨其後。

剛剛還勉強有個森林樣的地方，此刻已經陷入火海，就連一旁的湖泊水面都被蒸發得下降了不少。龍的強大，幾乎是毀滅級的。

「欸，安靜點。」

魔王此話一出，龍竟然像個聽話的孩子，真的安靜了下來。但一雙金黃龍眼仍冒著熊熊的怒火，緊緊盯著面前獵物的渺小身影，伺機而動。

「我給你兩個選擇，是要趁我大發慈悲饒你一命時趕緊走，還是等我把你——」

沒等魔王說完，龍爪毫無預警地猛然揮下。

塵土伴隨著火星漫天而起，卻沒有打到實物的感受，龍探頭看了看，瑟那已經搶先一步救走了魔王，驚險地躍至半空避開攻擊，還是以標準的公主抱姿。

此舉自然換來少年的怒目而視。「你在幹什麼！」

「看不出來我是在延續陛下的生命嗎？回頭真的要為您好好配一副老花眼鏡了。」

「放我下去。」

「您確定？」

「快點——」

「那好吧，後果自負。」瑟那說放就放，也不管他們現在是在離地數十公尺的高空。

失去支撐，魔王筆直墜落，卻直接落到了龍的頭頂。巨龍愣住幾秒，而後開始用力搖晃頭顱。

羅亞死命扣住龍角，但再這樣耗下去，最後肯定會被甩開，他決定速戰速決。

魔王單手舉起勇者之書，劍彷彿有著自己的意識，不需要花費太多力量就能輕易揮動。少年手腕一轉，劍尖朝下奮力插進本該堅不可摧的龍鱗——竟然直沒入柄！

龍渾身一僵，難以名狀的痛苦隨即襲捲全身，牠仰頭發出哀號，往一旁倒去，龐大的身軀壓垮了周圍著火的樹木，枝幹應聲折斷。

這就是勇者之書的威力嗎？就連龍族這種強大生物也不堪其一擊。

粉髮少年拔出沾滿龍血的劍，從龍身一躍而下，腳步終於穩穩地踩上地面。臉上看不出任何情緒，他緩步走上前，雙手持劍，正打算給予最後一擊……

只見倒在地上的龍吃力地睜開了一隻眼睛，羅亞被迫對上牠的視線，金黃而澄澈的獸眼似乎包含著難以言喻、長達千百年的寂寥與哀傷。

一瞬間，羅亞想到了自己，兩個寂寞的身影在心中互相重疊。

他……下不了手。

「你走吧，不要再讓我看見你。」這是魔王的最後仁慈。

怠惰な魔王の転職条件

尾聲

How to Change Career
from Demon King to Hero

學院再度迎回平靜的校園生活。龍離開了，但牠留下的破壞還需要一段時間才能撫平。

這可把導師跟學生們忙壞了，大家都盡力想將一切恢復原狀，誰也不願意再回想起那場無妄之災。那隻龍從哪裡來，之後又將歸往何處，至今仍是一個謎。

這當中最快樂的應該就是菲莉蘇了。龍消失了，就意味著餐廳能夠準時供應肉類食物了。這幾天獸人皇女天天準時報到，有時候一天還要吃個好幾餐才能彌補之前肚裡的空虛，看樣子還會這樣繼續暴食一陣子。

在這段休養生息的日子，魔王抽空跑去找了校長一趟，還奇蹟似地沒有迷路。那把劍似乎能感應到他的想法，每當他要踏錯路的時候，就會感受到劍身微微震動，藉此引導他往正確的方向前進。

室內擺設與之前來暗殺校長那時看到的差不多，唯一有些格格不入的變化是直立在一旁的鐵桿，末端彎鉤吊著一只作工精細的金屬鳥籠。

一隻毛色鮮艷的鸚鵡蹲在鳥籠裡，頰上還有兩朵小小的腮紅，模樣可愛討喜，烏黑的圓眼凝視著恣意闖進來的粉髮少年。

校長其實早有預料，只是沒想到對方會來得這麼快。他正要說些什麼，一把劍就碰一聲摔在桌面上。

「你這是……？」校長飛快地掃視一眼，才將目光落在少年那張始終沒什麼表情的臉上。

「我要歸還它。」語氣一如既往的清冷，羅亞的眉頭輕蹙，隱約透著嫌棄。

見狀，勇者之書不滿地晃了晃，發出輕不可聞的低鳴。

「你看吧，」校長只是不認同地聳聳肩膀，並說道，「它已經認定你是它的新主人了。貨物售出，恕不退還。」

「新主人？那麼在我之前肯定有所謂的舊主人，由那傢伙回收一下不就行了。」羅亞擺明就是不想接下這個燙手山芋。

「你看看劍的把手。」校長卻突然暗示道。

摸不著頭緒的魔王依言拿起劍，目光轉了一圈，果真在劍柄上找到了校長想讓他看的東西。只見上頭刻著一排字跡，組合出一個名字——

「克洛維斯。」

「沒錯，克洛維斯，你知道他是誰嗎？」校長詢問。

「不知道。」羅亞直截了當地承認，他沒怎麼讀過勇者的歷史，對他而言，只要知道那個人就足夠了——殺了上一任魔王的罪人。

「克洛維斯是繼承初始勇者之名的第六代勇者，也是歷任繼承者中最有研究精神的學者，勇者之書的創造者便是他。」校長也不惱怒，好聲好氣地講解起歷史。「而滅世之書就是在那之後的失敗產物。他雖然極力地想彌補自己鑄下的大錯，不過事與願違，滅世之書還是引發了跟這次相同的魔獸之亂……」

校長嘆了口氣，目光悠遠。「不過那次可沒有我們這麼好運了，有許多無辜的人因此賠上性命。但即使如此，滅世之書是卻沒有這麼容易銷毀，必須達成某種條件才行。為此，克洛維斯終日委靡不振，最後抑鬱而終。」

校長雖沒明說達成的條件，但魔王知道，勇者之書與滅世之書就像一體的兩面，相生相依，必須得同時摧毀才可能真正破壞兩件寶物。

克洛維斯想必也知道，只是無論如何都無法親手毀壞自己的研究成果，所以才終日抑鬱，最後卻導致自己的死亡。

「所以這位克洛維斯就是它的上一任主人？」

「沒錯，你很幸運，勇者之書降世以來已經有上百年的歷史了，在這之中只擁有過兩位主人——創造者克洛維斯，還有你。」說著，校長對少年露出燦爛的微笑。

羅亞無語地看著眼前貌似與白織他們同齡，實際上卻是個老妖怪的校長，忍不住低聲抱怨：「哪裡好運了……」

「校長我要處理公事了，羅亞同學沒事就可以走了，別忘記帶上劍。」

校長直接無視某人的怨言，態度十分強硬，還直接下了逐客令。

羅亞雖然氣不過，但礙於對方好歹也是校長，掌握了學生的生殺大權，只好拿起劍轉身離開校長室。

「真是不討喜的傢伙。」羅亞前腳剛離開，校長隨即嘆了口氣，揉揉眉心往後一靠，似乎很疲累的樣子。

他當然沒什麼繁重的公務要處理，那只是打發少年的藉口而已。

本來靜靜待在一旁的鸚鵡忽然躁動起來，豐厚的羽毛鼓成一團毛球。

「克洛維斯、克洛維斯、克洛維斯。」牠張開鳥喙，尖銳的音調重複著聽過的人名，卻又像意有所指。

校長的目光一沉，將豎起的手指抵在唇上，輕聲開口：「噓，小蘋果，千萬不要跟任何人提起這個名字。別忘了哦，這可是我們之間的祕密。」

被喚作蘋果的鸚鵡突然僵住，像是有人強制讓牠閉上嘴，瞪大的眼底沒有恐懼，而是滿滿的困惑。對方的身分是牠早就知道的事，不過祕密就是祕密，牠會好好遵守約定的。

回宿舍的路上，校長的話不斷在魔王腦中迴響。如果克洛維斯還在的話，他根本不必被迫接手這個麻煩的東西。想到這裡，羅亞的心情一下盪到谷底，立刻把所有錯都歸咎到第六代勇者身上。千錯萬錯就是克洛維斯的錯！

魔王帶著滿腹怨氣回到房門前，決定翹掉今天所有的課，以證明他不具備持有勇者之書的資格。

羅亞直接推門而入，自家房間哪用客氣，然而定眼一看，房裡居然多了個陌生男人，而且還全裸躺在他床上?!

兩道視線在半空相遇，魔王渾身一僵，不知該做何反應。倒是對方先沉不住氣開了口。羅亞嚇了一跳，警戒地盯著對方。

「幹嘛那個臉？我是克利斯汀啊。」男人如此說道，語氣飽含不滿，像是在責怪他。

男人的五官彷彿刀削斧刻，眉宇間散發濃濃英氣，皮膚黝黑，額頭上有道怵目驚心的傷痕，像是剛癒合不久。深褐色的長髮傾洩於肩上，掩不住渾身的男性魅力，而額頭上則生出了兩支長長的犄角。

角。一種熟悉感自心頭逐漸擴大，滲透進身體各處——然後他想起來了，怎麼會忘記呢？克利斯汀，也就是利利。

他的龍，他的寵物。

這麼說起來，前不久才大鬧學院的龍不就是……

「……」

「該死的，你是不是忘記了！」見狀，男人頓時怒火中燒，氣噗噗的樣子卻像隻張牙舞爪的貓，「太過分了，離開魔王城的時候還忘記帶上我！你看看，這個傷痕是我為了掙脫手上的鐵鍊留下的，說，你要怎麼補償我！」

「我才沒有忘記……」魔王試著辯解，可惜一點說服力也沒有。

利利只是更加火冒三丈，他冷笑一聲，提出另一項有力證據。「喔是嗎？我可是千里迢迢循著氣味找來學院，因為又餓又累又痛只好先躲起來修養，準備等用肉補充完體力之再找你算帳。結果在我跑出來大鬧的時候，馬的，你竟然沒認出我，還想幹掉你最心愛的寵物！」

「你誤會了……」

「你看到我的時候明明就沒有任何反應。一般而言，主人見到久違的心愛寵物最起碼都會喜極而泣吧？可是你什麼都沒有，你這個面癱死魚眼魔王！」利利大聲控訴。

嘖，真麻煩。

魔王眼下實在沒有多餘的心力去處理自家寵物的委屈憤懣。

「說到這個，那天晚上你為什麼會忽然跑出來？我記得你明明很重視睡眠的不是嗎？」

「因為我忽然感應到主人的魔力波動，一時情緒激動就衝出去了。結果那些勇者預備役看到我就直接動手，我當然也要反抗啦，讓他們知道龍族可不是什麼任人打發的小角色！」

魔力波動……利利指的應該是他差點被滅世之書吞噬的時候吧。可惡，那本書的來歷，還有那個討人厭的醫生，這一切的背後到底隱藏著什麼陰謀？

不過現在在這裡想破頭，答案也不會從天上掉下來，羅亞決定先把注意力放在眼前的大問題上。

「你是怎麼跑到我房間的？而且還是以這種姿態。」若是不巧被其他人撞見，他的名聲肯定會在瞬間跌到谷底，魔王可不能讓這樣的事發生。

「你忘了嗎？龍的嗅覺很靈敏，你的氣味在一群勇者預備役當中可是相當難聞的臭味，想不察覺都難，循著臭味找過來又有什麼困難的？瑟那大人也在這裡吧。」

果然什麼都瞞不過他，羅亞的臉色一沉，「你說臭味是什麼意思……」真的有這麼臭嗎？

「雖然臭，但還有個比主人更臭的氣味，我從來沒聞過，也說不上來是什麼。你知道那是怎麼回事嗎？」利利終於肯坐起身，嚴肅地看了過來。

在羅亞回答之前，利利似乎又想到了什麼，怒氣再次瞬燃，捏起床單上的一搓黑亮獸毛破口大罵：「你這渾蛋！都已經有那麼可愛的我了，你竟然還養了另外一隻魔獸！」

「那是因為課程需要……」

「沒想到我的主人竟然如此喪盡天良，先是始亂終棄，然後又見異思遷，你這個花心大魔王！」

羅亞扶額嘆氣，對此只有一句話想問：「你什麼時候要離開？」

「誰說我要走？」利利答得十分乾脆，少年卻聽得心驚膽跳，「我決定要留下來，陪伴我心愛的主人。」

魔王震驚得動彈不得，連話都說不出來了。

「你休想再拋棄我！既然養了寵物，就得負責一輩子不是嗎，我的主人？」利利邪魅地勾起唇角，眼神閃爍著狡黠的光芒。他懶懶地側躺下去，托著頭看向魔王。

「……」現在退貨還來得及嗎？

在學院某處，巴奈特站在制高點，冷眼看著下方寧靜的校園日常。

少年猛然闔上手中的書。「你做得很好，開啟滅世之書就是你的最終任務，你也成功達成了。」

站在一旁的醫生急不可耐地說：「我都照你說的做了，記得你的承諾，你說你會告訴我轉生成魔族的方法！」

「我答應過的事自然會說到做到，你是在質疑我嗎？」少年斜睇醫生一眼，毫無情緒波動的雙眼展現出壓倒性的氣場。

「……能告訴我一件事嗎？」醫生也不是省油的燈，他毫不退縮。

「廢話真多，還有什麼事想問？」

「滅世之書，你們明明知道地點，為什麼不自己來取？而且滅世之書對那小子的血似乎有所反應。」

「因為，不這麼做就沒有意義了。」少年輕聲說道，接著笑了，「那時候的我分身乏術，自然不能隨便移動。而且很遺憾，滅世之書對我的血沒有任何的反應。」

「可是你不是——」

「純種，必須是純種的才行啊。」少年的神情驟變，眼神被狂亂所占據，一如他真實的本性，「沒錯，我是魔族，但只分到一半的血統。所以我必須奪下魔族之王的寶座，唯有如此，我才能有真正的歸處——我們都是。」

「我們是指……？」醫生困惑不解，心中有股恐懼正悄悄滋長。

「他來了嗎？」巴奈特總算轉過身，望向一直安靜待在牆角、一身執事打扮的男子。

用不著對方回答，黑暗中響起了細碎的腳步聲，巴奈特心滿意足地笑了。此刻的少年終於卸下虛假的面具，神色陰狠地面對醫生。

「你不是想知道轉生魔族的方法嗎？我現在就告訴你。」

「真、真的嗎？」醫生頓時欣喜若狂。

「沒錯，」然而，巴奈特只是放緩語調，一字一字清晰地說：「下輩子努力投胎吧！」

「什麼？」醫生一驚。

「你，去死吧！」一股魔氣自巴奈特張開的掌心湧出，像隻毒蛇般緊緊纏繞住醫生，最後彷彿張開了嘴，將醫生一口吞噬。

這時，腳步聲的主人終於來到附近，露出了屬於少年的身形。原本滿是朝氣的燦爛雙眼此刻顯得冷淡而疏離，一頭金髮在黑暗的襯托下也大為失色。

來者抬起頭，對上巴奈特的視線，兩人的面容在一瞬間竟然有些相似。

巴奈特的唇角一勾，不懷好意地笑了。

「你來了啊，哥哥。」

——《怠惰魔王的轉職條件03》完

高寶書版集團

輕世代 FW331
怠惰魔王的轉職條件03

作　　者　雪　翼
繪　　者　泱泱大國
編　　輯　林雨欣
美術編輯　林鈞儀
排　　版　彭立瑋
企　　劃　方慧娟

發 行 人　朱凱蕾
出　　版　英屬維京群島商高寶國際有限公司臺灣分公司
　　　　　Global Group Holdings, Ltd.
地　　址　臺北市內湖區洲子街88號3樓
網　　址　www.gobooks.com.tw
電　　話　(02) 27992788
電　　郵　readers@gobooks.com.tw（讀者服務部）
　　　　　pr@gobooks.com.tw（公關諮詢部）
傳　　真　出版部　(02) 27990909　行銷部 (02) 27993088
郵政劃撥　50404557
戶　　名　三日月書版股份有限公司
發　　行　三日月書版股份有限公司/Printed in Taiwan
初版日期　2020年4月

國家圖書館出版品預行編目(CIP)資料

怠惰魔王的轉職條件03 / 雪翼著.-- 初版. -- 臺北市：高寶國際, 2020.04-
　冊；　公分. --

ISBN 978-986-361-813-3(第3冊：平裝)

863.57　　　108021888

◎凡本著作任何圖片、文字及其他內容，未經本公司同意授權者，均不得擅自重製、仿製或以其他方法加以侵害，如一經查獲，必定追究到底，絕不寬貸。
◎版權所有　翻印必究◎

三日月書版

三日月書版

GOBOOKS
& SITAK
GROUP©

GOBOOKS
& SITAK
GROUP©